LA
GUERRA
QUE CASI PERDIMOS

CÓMO ESTUVIMOS A PUNTO DE PERDER LA
SEGUNDA GUERRA MUNDIAL

AUTOR:
ARTHUR A. EDWARDS
EXTENIENTE DE LA USNR

ARPress
45 Dan Road Suite 5
Canton MA 02021

Línea directa: 1(888) 821-0229
Número de fax: 1(508) 545-7580

Información de pedido:

Cantidad de ventas. Hay descuentos especiales disponibles en compras de cantidades por parte de corporaciones, asociaciones y otros. Para obtener más información, póngase en contacto con el editor en la dirección anterior.

Impreso en los Estados Unidos de América.

ISBN-13:   Tapa blanda   979-8-89356-915-5
             Libro electrónico   979-8-89356-916-2

Número de control de la Biblioteca del Congreso: 2024903676

Tabla De Contenidos

PRÓLOGO

Han sido numerosos los volúmenes que han abordado la Segunda Guerra Mundial, escritos tanto por eruditos en historia como por aquellos con perspectivas disidentes. Entre estos últimos, figuran individuos que despreciaban al presidente Franklin Roosevelt, quienes no han escatimado en críticas hacia su gestión, la administración y los preparativos bélicos bajo su liderazgo. Surgieron relatos que sugerían que estábamos "dormidos al volante" al ser sorprendidos por el ataque japonés a Pearl Harbor, esgrimidos por quienes arremetían contra Roosevelt por sus esfuerzos de preparación para el inminente conflicto.

Entre las afirmaciones más extravagantes destaca aquella que insinúa que el Presidente tenía conocimiento previo del ataque japonés inminente a Pearl Harbor. Se ha mantenido la fábula de que Roosevelt optó por no alertar a los marineros y soldados para justificar su entrada en la guerra en apoyo a su amigo Winston Churchill. Se argumenta que, dado que se había descifrado el código secreto japonés, deberíamos haber interceptado comunicaciones que indicaran el avance de su flota.

Sin embargo, los registros japoneses evidencian que el gobierno nipón nunca emitió comunicaciones, codificadas o de otro tipo, que anunciaran el ataque a Pearl Harbor el 7 de diciembre. Este hecho se confirma con la sorpresa que también experimentó su aliado, Adolf Hitler, ante el ataque. Pero aquellos que perpetúan estas y otras teorías descabelladas parecen inmunes a los hechos.

Tras vivir la guerra y la década que la precedió, he sentido la necesidad de esclarecer nuestros preparativos antes de Pearl Harbor. Un relato que debe abordar la falta de preparación militar y las decisiones políticas que afectaron profundamente nuestra situación prebélica y nuestra capacidad de respuesta ante los ataques del Eje. No es una historia que inspire orgullo en los estadounidenses, pero logramos recuperarnos a tiempo y obtener una victoria monumental. Sin embargo, esta victoria estuvo lejos de ser segura, y de no ser por graves errores de nuestros enemigos, el resultado habría sido muy diferente.

Este libro pretende arrojar luz sobre los acontecimientos de los años treinta y cuarenta, destacando aquellos que han sido tergiversados o pasados por alto por personas que no vivieron esos tiempos. El autor presenció estos eventos: los escuchó por la radio mientras estaba sentado en las rodillas de su padre antes de que éste se enrolara en la Marina. Art presenció cómo se desarrollaban, conversó con militares que regresaron, estudió los acontecimientos mientras se preparaba para convertirse en oficial de la Marina y ha leído numerosos libros sobre el tema desde entonces.

Aunque este libro se fundamenta en tales vivencias, las conclusiones son exclusivas del autor. Se espera suscitar suficiente interés en el lector para que continúe explorando la verdad por sí mismo, sin dejarse influenciar por ideas preconcebidas.

La década comprendida entre 1932 y 1942 resulta crucial para comprender nuestros preparativos ante la guerra. Los eventos que condujeron al conflicto deben ser relatados con la máxima precisión posible, independientemente de la opinión que se tenga sobre el presidente Roosevelt. Es nuestro deseo que el lector deseche sus prejuicios y se adentre en estas páginas con una mente abierta.

PUBLICACIONES PREVIAS DEL AUTOR

WAR IS HELL: Una novela sobre el combate en la jungla de Birmania durante la Segunda Guerra Mundial y los efectos que tiene en los hombres y mujeres que la combatieron. Publicado por Robertson Publishing, Fremont, California.

A HERO'S LIFE: Una novela sobre un ingeniero aeroespacial que fue un héroe de la Segunda Guerra Mundial y se encuentra en apuros al intentar identificar la causa de múltiples accidentes de aviones de combate de su empresa. Publicado por Robertson Publishing, Fremont, California.

THE JOURNEY TO HANGTOWN HAVEN: Una historia real sobre el intento de una pequeña ciudad de resolver su problema de personas sin hogar y la respuesta negativa de la comunidad ante la construcción de un refugio para estos. Publicado por Robertson Publishing, Fremont, California.

DEFINICIONES

Dado que muchos lectores aún no habían nacido cuando comenzó la Segunda Guerra Mundial, los siguientes términos que aparecen en el libro se definen aquí para mayor claridad.

ALIADOS: Las naciones que se unieron para luchar contra las naciones del Eje, incluyendo a Estados Unidos, Gran Bretaña, China, la Unión Soviética, Canadá, Australia, Nueva Zelanda y Sudáfrica.

EJE: Las naciones que se unieron para conquistar el mundo, incluyendo a Alemania, Japón, Austria (Hitler nació en Austria), Italia (hasta 1943), además de otros países que apoyaron al Eje pero no se unieron a él, como España (que proporcionó algunas tropas al ejército alemán en Stalingrado) y Finlandia (más antisoviética que proalemana). Rumania y Hungría no eran técnicamente miembros del grupo del Eje, pero ambos proporcionaron tropas para luchar junto al ejército alemán.

PAÍSES NEUTRALES PRO-EJE: Turquía, Portugal, Irlanda, Argentina, Uruguay.

PAÍSES NEUTRALES REALES: Suecia y Suiza.

PAÍSES QUE FUERON INVADIDOS Y CONQUISTADOS POR TROPAS DEL EJE: Holanda, Francia, Polonia, Checoslovaquia, Yugoslavia, Grecia, Bélgica, Dinamarca, Noruega, partes de China, Indonesia, Birmania, Filipinas y Mongolia.

WEHRMACHT: El ejército alemán.

LUFTWAFFE: La fuerza aérea alemana.

MESSERSCHMITT: La empresa alemana que fabricaba el avión de combate ME-109 (a veces conocido como bf-109) de la Luftwaffe.

SPITFIRE: El avión de combate de la Real Fuerza Aérea fabricado por Supermarine en Inglaterra.

IJN: Marina Imperial Japonesa.

DEDICATORIA

Este libro está dedicado a mi esposa Shirley, quien un día sacó este manuscrito de mi escritorio y preguntó: "¿Por qué no publicas esto, cariño?" Así que aquí está.

Debo un profundo sentido de gratitud y agradecimiento a mi amigo Jason Primicerio, quien se dedicó a reparar mi computadora y, sin cuya ayuda y consejo, este libro no habría sido posible.

Mi hija, Diana, era la autora en nuestra familia y me animó a escribir hasta que falleció de un ataque al corazón en 2012 a la edad de cincuenta años, justo después de recibir su MBA en Stanford. La echo mucho de menos y desearía poder compartir este libro con ella. Tal vez pueda leerlo donde esté ahora. ¿Quién sabe?

Mis amigos y vecinos Betsy Kerr y su esposo, Dick Kerr, retirado de la USNR, quienes leyeron mi manuscrito original e hicieron sugerencias valiosas.

CAPTULO UNO
LA GRAN DEPRESIÓN

Muy pocas personas vivas hoy en día pueden imaginar la seriedad de la depresión de Hoover de finales de los años veinte y treinta para todos los países del mundo. Golpeó duro a los Estados Unidos, pero probablemente golpeó con más fuerza a Alemania. Antes de considerar el efecto de la depresión en Alemania, debemos hablar sobre el final de la Primera Guerra Mundial y cómo el armisticio afectó a Alemania y su actitud hacia el mundo.

Desafortunadamente, los cimientos de la Segunda Guerra Mundial y el surgimiento de Hitler pueden encontrarse en la rendición del Kaiser a los Aliados en noviembre de 1918. De hecho, el General del Ejército de la Unión, William Sherman, lo predijo en 1864 cuando afirmó famosamente que una guerra nunca terminaría hasta que los civiles del país perdedor sintieran el "infierno" de la guerra por sí mismos. Alemania en 1918 no había sido diezmada o destruida, como lo sería en 1945. El Kaiser reconoció que sus tropas habían sido derrotadas y que su población civil sería la siguiente, así que negoció una paz que evitara que su población experimentara el "infierno" de la guerra.

Uno pensaría que esto fue algo bueno para la población alemana, pero resultó ser todo lo contrario. La pregunta que enfrentaba la población alemana era: "¿Por qué perdimos? Nada malo nos sucedió". Desafortunadamente, este fue el fundamento para el surgimiento de Hitler a finales de los años veinte. Animó la ira del pueblo contra la Convención de Ginebra y la depresión alemana para impulsarlo hacia el cancillerato en 1933.

El mundo, incluidos los Estados Unidos, no pudo ver la ira en la población alemana y prever sus consecuencias en el resto del mundo. Algunos, como Winston Churchill y Franklin Roosevelt, tuvieron la perspicacia para verlo, pero casi estaban solos en sus respectivos países al reconocer las amenazas de guerra provenientes de Japón y Alemania.

La Depresión

El alcance de este libro no abarca el ascenso de Hitler y su impacto en Alemania. Resulta interesante notar para la historia que tanto él como el presidente Roosevelt se convirtieron en líderes de sus respectivos países en el mismo año, 1933. A medida que Hitler ganaba prominencia durante la década de 1930, debemos examinar el efecto que tuvo en los ciudadanos estadounidenses. Desafortunadamente, muchos estadounidenses, al menos una gran minoría, cayeron bajo el hechizo de Hitler a miles de kilómetros de distancia de Alemania. La mayoría provenía de los siguientes grupos:

INMIGRANTES ALEMANES

Hasta mediados de la década de 1930, Alemania había proporcionado más inmigrantes a Estados Unidos que cualquier otro país. Esto puede sonar extraño para aquellos estadounidenses que ahora temen la llegada de latinoamericanos cruzando nuestra frontera sur. Miles de germano-estadounidenses o hijos de germano-estadounidenses miraban hacia el Atlántico y veían un nuevo gobierno que reflejaba algunas de sus esperanzas, temores, prejuicios y creencias. Alemania no estaba en guerra con EE. UU. en la década de 1930, por lo que muchos estadounidenses no veían nada malo en apoyar a Hitler y sus intentos de erradicar a judíos y otros "indeseables" en Europa. Muchos ex alemanes en EE. UU. eran simpatizantes de la Alemania nazi antes de la guerra.

IRLANDESES

Muchos partidarios estadounidenses de Hitler estaban más en contra de Inglaterra que a favor de Hitler. Este fue el caso de muchos inmigrantes irlandeses estadounidenses. El conflicto entre Irlanda e Inglaterra se remonta varios cientos de años y no será discutido aquí. Basta decir que existía una considerable animosidad hacia Inglaterra por parte de los inmigrantes irlandeses en EE. UU. durante la década de 1930. Joseph Kennedy fue un excelente ejemplo de esto.

ADOLF HITLER

Había una historia, nunca completamente verificada, de trabajadores portuarios irlandeses colocando bombas en barcos de carga dirigidos a Inglaterra antes de que entráramos en la guerra. Estas bombas explotaron en medio del Atlántico, hundiendo nuestro barco en el que estaban plantadas. Obviamente, era difícil de probar, pero la historia dice que fue la mafia la que finalmente puso fin a la práctica. Ya sea una historia verdadera o no, no hay duda de que muchos estadounidenses de ascendencia irlandesa apoyaron a Hitler antes de Pearl Harbor.

PAÍSES ESCANDINAVOS

Algunos inmigrantes de Noruega, Dinamarca, Suecia y Finlandia (técnicamente no escandinavos) estaban fascinados con Hitler y pensaban que él era la solución a los problemas de Alemania. Dinamarca y Noruega están ubicadas cerca y son socialmente cercanas a Alemania, mientras que tanto Suecia como Finlandia apoyaron a Alemania con suministros necesarios durante la guerra. Suecia era técnicamente neutral pero proporcionaba rodamientos de bolas y acero al esfuerzo de guerra alemán. Ese apoyo a menudo se basaba en resentimientos de cien años contra los británicos. Algunos resentimientos son más difíciles de superar que otros. El mejor ejemplo de esta actitud se vio en Charles Lindbergh, un héroe de la aviación estadounidense de padres suecos. Recorrió el país en los años 30 y principios de los 40 predicando que deberíamos apoyar a Alemania durante la guerra y no a Inglaterra. Cuando Alemania declaró la guerra a los Estados Unidos, intentó alistarse como piloto en el Cuerpo Aéreo del Ejército pero fue prohibido de hacerlo por el presidente Roosevelt. Lindbergh eventualmente comenzó a trabajar para Lockheed y contribuyó al esfuerzo de guerra liderando escuadrones de nuevos P-38 a través del Pacífico hacia la zona de guerra. De hecho, tiene el honor de ser el único civil estadounidense que ha derribado dos aviones enemigos en combate. Hizo esto sobre Guadalcanal.

Sin embargo, Roosevelt nunca perdonó a Lindbergh por sus actividades en apoyo a los nazis antes de la guerra.

OTROS PAÍSES

Todos los países de Europa estaban divididos en tres grupos y sus inmigrantes en EE. UU. a menudo reflejaban las actitudes de sus países de origen. El primer grupo estaba formado por aliados que terminarían luchando contra Hitler: Gran Bretaña, Francia, Holanda, Bélgica, Dinamarca, Polonia, Checoslovaquia, Noruega, Grecia y Serbia. El segundo grupo estaba formado por países que apoyaban activamente a Alemania, aunque la *Wehrmacht* invadió algunos: Italia, España, Hungría, Austria, Rumania, Croacia, Finlandia y la Unión Soviética al principio de la guerra. El tercer grupo consistía en países que eran ostensiblemente neutrales pero que básicamente apoyaban a Alemania: Irlanda, Portugal, Turquía y Suiza. (Suiza fue el único país en Europa que estaba realmente neutral). En las Américas, tanto Argentina como Uruguay apoyaban la agresión alemana. Aunque Francia era miembro del equipo aliado, muchos franceses y francesas individuales apoyaron a Alemania, especialmente en la persecución de judíos.

CATÓLICOS ROMANOS

La actitud del Santo Padre antes y durante la guerra era difícil de identificar porque ni el Papa Pío XI ni el Papa Pío XII declararon oficialmente su posición en uno u otro sentido. Sin embargo, hay evidencia de que secretamente apoyaron a Hitler tanto en su eliminación de los judíos como en la lucha de Alemania contra la Inglaterra protestante. Una prueba de esto es la existencia del sacerdote católico estadounidense, el Padre Coughlin, y su programa semanal de radio desde la ciudad de Nueva York durante la década de 1930. Muchas personas que escuchaban al Padre Coughlin comentaban que no podían

distinguir sus opiniones de las del propio Hitler. Antes de quejarse de que solo era un sacerdote dando sus opiniones personales, es un hecho que ningún sacerdote entonces o ahora podría exponer sus opiniones extremistas en la radio o televisión sin la aprobación de su obispo, arzobispo, cardenal y el papa. Los papas también eran conocidos por haber vivido en Alemania antes de convertirse en papas y ambos parecían estar en completa armonía con el nuevo gobierno alemán. Hay evidencia considerable de que apoyaron plenamente el ascenso al poder de Hitler tanto financiera como políticamente. En aras de la equidad hacia los papas, es bien sabido que Hitler acordó no acosar a la Iglesia Católica si esta no se metía en su camino. También es bien sabido que muchos sacerdotes individuales lucharon contra Hitler en Alemania y en los países ocupados de Europa durante la guerra.

REUNIÓN DE HITLER CON EL CARDENAL

Las personas que apoyan al Papa Pío XII afirman que no había nada que pudiera haber hecho para detener a Hitler en cualquier momento durante la guerra. Esto simplemente no es cierto. El papa podría haber impuesto una interdicción a Alemania, lo que probablemente habría tenido un gran efecto. El Papa Inocencio III hizo exactamente eso a Federico II y al Sacro Imperio Romano Germánico a principios del siglo XIII y tuvo el efecto deseado.

El propósito de una interdicción eclesiástica es negar a todos en un país los sacramentos católicos como el Matrimonio, el Bautismo, la Confirmación, la Eucaristía, la Penitencia y la Ordenación. Las personas del Sacro Imperio Romano Germánico estaban tan abrumadas por la interdicción en el siglo XIII que exigieron que Federico aceptara las demandas del papa y la terminara.

PADRE COUGHLIN

Finalmente, Federico se presentó ante el Papa, suplicándole que levantara la interdicción. Se plantea la posibilidad de que el Papa Pío XII hubiera actuado de manera similar con respecto a Hitler cuando se percató de los millones de judíos siendo exterminados; sin embargo, no tomó ninguna medida. Aunque una interdicción podría no haber tenido el efecto deseado en Hitler, habría sido una muestra de estar del lado correcto de la historia, incluso si resultaba infructuosa.

Se comenta que el único comentario que el Papa Pío XII hizo sobre la guerra fue dirigido al General estadounidense Mark Clark, solicitándole que sus tropas aliadas no alojaran a "negros" en la ciudad, cuando ocuparon Roma en 1944. Muchos católicos estadounidenses, influenciados por este ejemplo desde Roma, se opusieron a prepararse para la guerra con Alemania durante los años 30.

SUPERVIVIENTES DE LA PRIMERA GUERRA MUNDIAL

Muchos estadounidenses recordaban el conflicto sangriento de la Primera Guerra Mundial y no querían que Estados Unidos estuviera involucrado en otra guerra. Muchos veteranos de la Gran Guerra aún estaban vivos en los años 30, y muchos que tenían familiares que eran veteranos no podían apoyar los preparativos para otro conflicto sangriento. Esa actitud ciertamente era comprensible. Muchos supervivientes de la Primera Guerra Mundial habían sido víctimas de ataques con gas y muchos estaban "conmocionados". Muy pocos veteranos de la Gran Guerra estaban ansiosos por luchar nuevamente.

POLÍTICOS CONSERVADORES ENFRENTADOS AL PRESIDENTE

La política y los políticos no mostraban muchas diferencias entre los años 30 y la actualidad, salvo por una característica crucial. Si bien el Partido Demócrata continúa siendo un bastión del pensamiento progresista, en aquel entonces albergaba un amplio segmento de conservadores intransigentes. Para comprender completamente este fenómeno, es necesario retroceder hasta nuestra Guerra Civil. El Partido Demócrata se sustentaba en el respaldo a la Confederación antes, durante y después de la contienda. Sus miembros eran mayormente hombres blancos de mentalidad conservadora, más inclinados hacia el conservadurismo que hacia el liberalismo, y siempre votaban por el candidato demócrata en las elecciones. Todo cambió a mediados de la década de 1960, aunque no discutiremos aquí el cambio de alianzas de esa época. La elección y reelección del presidente Roosevelt se debieron en gran medida al apoyo de hombres y mujeres blancos del sur, que se negaban a votar por el partido republicano de Lincoln. Estos hombres sureños tendían a ser antinegros y antinmigrantes, mientras que su ala más extrema, el Ku Klux Klan, también abrazaba el antisemitismo y el anticatolicismo. Aunque el presidente Roosevelt no compartía estas creencias, muchos de aquellos que sí lo hacían votaban sistemáticamente por los candidatos demócratas durante los años 30 debido a la tradición arraigada.

El presidente Roosevelt destacaba como un político consumado, comprendiendo a la perfección el delicado equilibrio entre las facciones liberales del norte y los conservadores del sur que le otorgaron la presidencia y lo sostuvieron en el cargo durante cuatro mandatos consecutivos. Aunque su esposa, Eleanor, figura emblemática del siglo XX, lo influenció hacia el ala progresista de su partido, Roosevelt era consciente de que alienar al ala demócrata sureña le acarrearía una pérdida considerable de votos. Mientras la facción liberal respaldaba sus esfuerzos para preparar a Estados Unidos para la guerra, los conservadores sureños se oponían a los costos asociados y a la necesidad de aumentar los impuestos, una postura que resuena en la política actual del Partido Republicano.

Con una trayectoria previa como Secretario Adjunto de la Marina durante la Primera Guerra Mundial en el gabinete del presidente Wilson, Roosevelt mantuvo un profundo aprecio por la armada, una afinidad que se mantuvo a lo largo de la década de 1930 y fue crucial en sus decisiones durante sus dos primeros mandatos presidenciales. Reconociendo claramente que la próxima guerra se libraría tanto en el mar como en tierra, inició la construcción de la armada desde el principio de su mandato, a pesar del descontento de los conservadores y los intereses especiales mencionados anteriormente.

En resumen, resulta evidente que la suma de las personas mencionadas en los párrafos anteriores revela una considerable oposición por parte de los estadounidenses hacia los esfuerzos del presidente por fortalecer las defensas nacionales. Los miembros de estos grupos argumentaban que Hitler había advertido a cada país europeo de su intención de confiscar personalmente el armamento de naciones vecinas, y que consideraba los preparativos defensivos como una amenaza para la seguridad de Alemania.

El presidente Roosevelt se enfrentaba a una desafiante situación con nuestra depresión económica, y solo podía hacer avances mediante el uso de tácticas discretas y reservadas.

En una democracia, tal empresa no resultaba sencilla.

TITULARES DE PERIÓDICOS EN 1932

En aquel entonces, era evidente que desviaba fondos destinados a represas y otros proyectos civiles hacia la construcción de barcos para la Marina. Ante la claridad de esta maniobra, claramente ilegal, su respuesta era simplemente encogerse de hombros y afirmar: "Es mejor pedir perdón que permiso". Fue gracias a estas acciones "ilegales" del presidente Roosevelt que muchos de nuestros obsoletos barcos fueron reemplazados por modernos, capaces de enfrentarse a la flota japonesa durante los años 40.

BENITO MUSSOLINI

CAPTULO DOS
LOS SUEÑOS DE DOMINIO MUNDIAL DEL EJE

Durante el siglo XIX, Japón había concebido la ambición de ampliar su influencia más allá de las apacibles costas hacia Asia. En un movimiento estratégico, buscó el conocimiento y la experiencia de la Marina Real Británica, contratándola para el aprendizaje de la construcción naval y las tácticas modernas. Este impulso hacia la modernización naval se vio reflejado en su primera confrontación en el Mar de China a fines del siglo XIX, donde derrotaron a una flota de mayor tamaño, demostrando su creciente poderío. El punto culminante de esta evolución se alcanzó en 1905, durante la épica batalla del Estrecho de Tsushima, donde la Marina Japonesa logró hundir treinta y cinco buques de guerra rusos. Esta victoria no solo marcó un hito en la expansión japonesa en Asia, sino que también se destacó como el triunfo naval más significativo desde la histórica batalla de Trafalgar, un siglo atrás.

En 1908, el presidente estadounidense Teddy Roosevelt se preocupó por las posibles aventuras de Japón en el Pacífico y creyó que tenían la intención de iniciar una guerra con los Estados Unidos. Para convencer a Japón de la locura de tal movimiento, ordenó que dieciséis nuevos acorazados estadounidenses y sus escoltas realizaran un crucero alrededor del mundo, haciendo escala en puertos importantes a lo largo del camino, incluyendo la Bahía de Tokio, Japón.

Era patente para todos que estábamos intentando impresionar a Japón con nuestro innato poder naval y nuestra superioridad en fuerza marítima. El crucero se extendió a lo largo de catorce meses y fue bautizado como "El Crucero de la Gran Flota Blanca". Aunque Japón parecía estar efectivamente impresionado, en su mayoría este crucero los incitó a fortalecer aún más su propia armada.

Durante la Primera Guerra Mundial, Japón tomó una decisión estratégica al unirse a los Aliados en su lucha contra Alemania. Como resultado de su participación, al término de la guerra, la Liga de Naciones concedió a Japón un valioso regalo: una serie de islas en el Pacífico. Este conjunto de islas incluía territorios como Palau, partes de las Marianas, Micronesia y las Islas Marshall. Esta transferencia territorial otorgó a Japón bases de gran importancia estratégica en el Pacífico, que más tarde utilizarían como punto de partida para su ofensiva contra los Estados Unidos, veintidós años después.

El Tratado Naval de Washington de 1922 limitó la cantidad de buques de guerra que cada nación podía construir con la esperanza de evitar otro conflicto bélico. Sin embargo, Japón abandonó dicho tratado a mediados de la década de 1930, desencadenando así una vertiginosa carrera armamentista. El país asiático adquirió una parte significativa de su acero naval de los desguaces estadounidenses. Recuerdo con claridad mi infancia, cuando solía visitar el frente marítimo de Oakland en el estuario y observar buques de carga ondeando la bandera del sol naciente japonés, mientras cargaban sus bodegas con acero proveniente de los desmantelamientos de navíos estadounidenses.

En 1936, Harry Bridges, líder del sindicato de estibadores de San Francisco, tomó la decisión de prohibir a los miembros de su sindicato la carga de buques japoneses con acero de desguace estadounidense en el Área de la Bahía. Esta medida desató la furia de los empresarios conservadores, banqueros e industrialistas locales, quienes acusaron a Bridges de ser comunista y de ir en contra de los valores fundamentales de Estados Unidos. Intentaron sin éxito deportarlo a su país natal, Australia, o encarcelarlo. La Guerra Civil Española, que tuvo lugar a mediados de la década de 1930, exacerbó la situación al plantear el dilema de que oponerse a Hitler era considerado procomunista. En aquel entonces, la percepción común era que estabas en un bando u otro, sin términos medios.

En 1910, Japón dio su primer paso hacia la expansión territorial al invadir Corea. Esta acción pasó desapercibida para muchos, ya que Japón había incursionado previamente en Corea en el siglo XVI, y dada la proximidad geográfica entre ambos países, apenas unas pocas millas de distancia, muchos no le dieron mayor importancia. Además, al tratarse de dos naciones asiáticas, ¿por qué habría de preocuparle esto a Estados Unidos? Esta actitud de indiferencia persistiría treinta años después durante la Segunda Guerra Mundial. El avance de Japón hacia China se intensificó cuando invadió Manchuria en 1931, y posteriormente expandió su control sobre China en 1937. A pesar de estos acontecimientos, la comunidad internacional, incluido Estados Unidos, adoptó una postura pasiva, observando sin intervenir. Sin embargo, el trato japonés hacia los civiles chinos comenzaba a despertar cierta preocupación entre el público estadounidense, aunque de manera gradual.

Cualquiera que lo viera podía ver que Japón estaba preparándose para una guerra que les permitiera dominar Asia y el Océano Pacífico. Sin embargo, Japón era una nación insular, y la guerra y el dominio de la región no eran posibles a menos que pudieran controlar las rutas marítimas y obtener suministros de alimentos y materias primas necesarios.

UN DESTRUCTOR JAPONÉS

Para emprender una guerra, se requerían recursos como petróleo crudo, estaño, mineral de hierro, carbón, cobre, aluminio (bauxita), caucho y arroz, por mencionar solo algunos. Afortunadamente para Japón, todos estos materiales se encontraban en abundancia en los países asiáticos cercanos. Su objetivo era conquistar estas naciones débiles para asegurar su dominio en Asia. Los líderes japoneses creían que esta tarea sería relativamente sencilla, salvo por un obstáculo: la Armada de los Estados Unidos y su Flota del Pacífico. Así se estableció el escenario para uno de los mayores enfrentamientos navales de la historia.

Por otro lado, Alemania, aún resentida por su humillante derrota en la Primera Guerra Mundial, estaba preparando a su pueblo y a sus fuerzas armadas para un nuevo conflicto, convencida de que podían ganar fácilmente. A pesar de los intentos por ocultar sus intenciones, algunos países vecinos no fueron engañados. Sin embargo, fuera de Alemania, pocos deseaban otra guerra mundial, por lo que varios gobiernos europeos prefirieron ignorar las señales evidentes o decidieron unirse a los alemanes en esta nueva empresa.

La percepción mayoritaria entre los estadounidenses respecto a lo que acontecía en Europa era de mera observación, considerando el conflicto como un asunto ajeno al cual no debíamos inmiscuirnos. No obstante, Roosevelt, al igual que muchos compatriotas, vislumbraba en el sostenimiento de la resistencia británica la única esperanza para contener a Hitler. Como se destacó en un capítulo anterior, esta perspectiva no era compartida por todos los estadounidenses. Por ende, respaldar a Gran Bretaña tanto financieramente como militarmente constituía una apuesta política arriesgada para el presidente Roosevelt.

El peor escenario imaginable sería canalizar miles de millones de dólares en ayuda hacia Gran Bretaña, solo para presenciar cómo todo caía en manos de Hitler si los británicos se rendían. Por consiguiente, era esencial para Roosevelt dilucidar si Gran Bretaña mantendría su resistencia o sucumbiría como lo habían hecho otros países europeos. Con el fin de obtener información de primera mano, designó a su "hombre de confianza", Joseph Kennedy, como nuevo embajador de Estados Unidos en Inglaterra.

Lamentablemente, debo señalar que Joe distaba mucho de ser la opción ideal para el puesto. De hecho, podría decirse que era la peor elección posible. Su única credencial para convertirse en embajador en Gran Bretaña era haber recaudado la mayor cantidad de dinero para la campaña de reelección de Roosevelt. En un momento en el que Roosevelt necesitaba un observador imparcial capaz de evaluar con precisión la actitud y la resolución del pueblo inglés frente a todas las circunstancias, lo que obtuvo fue a un católico irlandés que albergaba un profundo odio hacia Inglaterra y estaba decidido a mantener la ayuda estadounidense fuera de Gran Bretaña. Aunque algunos podrían argumentar lo contrario, considero que el nombramiento de Joe Kennedy para la Corte Británica fue el peor error de Roosevelt durante su presidencia.

Joe informó al presidente que la toma de posesión de Hitler en Inglaterra estaba a solo semanas de distancia y que el pueblo inglés se rendiría ante el primer signo de beligerancia por parte de Alemania. Afortunadamente, y por razones desconocidas para la historia, Roosevelt ignoró el consejo de Joe y lo hizo regresar. A partir de entonces, Roosevelt nunca volvió a dirigirse a Joe ni le ofreció otro puesto durante el resto de su vida.

Fue sumamente afortunado para el mundo que el presidente contara con el buen juicio o con información adicional que lo llevó a desestimar las advertencias de su enviado especial ante la Corte Británica. Este fue uno de esos momentos en la historia en los que el destino de la civilización pendía de la decisión correcta de alguien. Y así fue. La utilidad de Kennedy había llegado a su fin, y sus profundas raíces católicas irlandesas casi llevaron al mundo libre a la ruina.

El presidente Roosevelt tomó el peligroso curso de ayudar a los británicos a mantenerse con vida a pesar de la abrumadora opinión de nuestro país en contra. Nunca vaciló en su creencia de que la supervivencia de la democracia estaba en juego. Pero a medida que llegaba la década de los cuarenta, era obvio para un número cada vez mayor de estadounidenses que no podríamos evitar un enfrentamiento sangriento que probablemente nos costaría mucho. Sin embargo, muchos conservadores aún no estaban convencidos y lucharon por mantenernos desprevenidos con la esperanza de que pudiéramos convencer a las potencias del Eje de que nos perdonaran. Parece imposible hoy concluir que algún estadounidense pensante pudo haber apoyado a Hitler o ignorado la amenaza inminente de Japón, pero muchos lo hicieron. Las potencias del Eje vieron este conflicto interno estadounidense y lo interpretaron como que éramos vulnerables y no estábamos dispuestos a protegernos. Pronto descubrirían su error, pero habría muchos errores y víctimas en ambos lados en el intermedio.

EMBAJADOR JOSEPH P. KENNEDY

CRUZANDO EL RUBICÓN CAMINO A LA GUERRA

Al adentrarnos en la década de 1940, los países del Eje llegaron a la conclusión acertada de que los Aliados estaban desorientados y renuentes a unirse en oposición a Alemania, Italia y Japón. Los tres países del Eje habían sellado un pacto de protección mutua, y Estados Unidos parecía reticente a unirse a los Aliados como socio activo. En Asia, el ejército japonés había cometido atrocidades en Nanking, China, causando una indignación pública en Estados Unidos; sin embargo, esta ira no fue suficiente para desencadenar una guerra con Japón.

Hitler dedujo correctamente que el exterminio de millones de judíos no movería a nadie lo suficiente como para provocar una respuesta. Su creencia se fundamentaba en la falta de acción por parte de las potencias europeas frente al genocidio armenio perpetrado por Turquía durante la Primera Guerra Mundial. Así, todo parecía estar en favor de las potencias del Eje, y el presidente Roosevelt aún no había logrado movilizar al público estadounidense hacia la acción.

No obstante, los japoneses quedaron perplejos al ver cómo el público estadounidense comenzaba a indignarse por la brutalidad ejercida por el ejército japonés contra otros pueblos asiáticos. Surgieron demandas para que el presidente tomara medidas que disuadieran al ejército japonés, aunque evitando la guerra a toda costa. A medida que nos acercábamos a 1941, el consejo de guerra del presidente destacó que entre todos los recursos necesarios para Japón, el petróleo crudo indispensable para su armada era el más escaso. Privar a Japón de este suministro parecía ser la acción con el efecto más inmediato, sin necesidad de recurrir a la guerra. En ese momento, los Estados Unidos y sus aliados controlaban casi la totalidad del petróleo crudo mundial, por lo que cortar el suministro a Japón no sería un problema. Así, el presidente emitió un ultimátum: "Todo su suministro de petróleo crudo ha sido cortado y no estará disponible nuevamente, a menos que retire todas sus tropas de China y de los demás países asiáticos que ha invadido". El público estadounidense acogió con satisfacción la perspectiva de que Japón tuviera que renunciar a su agresión y retirarse, todo ello sin necesidad de que Estados Unidos entrara en guerra. Fue un movimiento astuto, aunque el gobierno japonés no estuvo de acuerdo. Inmediatamente enviaron a sus dos mejores embajadores a Washington para negociar, al tiempo que comenzaban a prepararse para una eventual confrontación con América. En el otoño de 1941, contaban con aproximadamente nueve meses de suministro de petróleo crudo almacenado.

En realidad, los preparativos para la guerra se habían estado gestando desde la visita de la Gran Flota Blanca a Japón en 1908, pero en este momento, adquirieron una seriedad sin precedentes. Se requería una acción inminente en los siguientes nueve meses o se enfrentarían a una escasez crítica de combustible. Esta urgencia era reconocida por todos, excepto por el público estadounidense y algunos miembros del Congreso.

En el Atlántico, la Armada de los Estados Unidos asumía la escolta de convoyes con destino a Inglaterra hasta aproximadamente la mitad del trayecto, momento en el cual cedían las funciones de escolta a destructores británicos antes de regresar a casa. Durante el otoño de 1941, submarinos alemanes hundieron dos de nuestros destructores de escolta mientras estaban en servicio de convoy, resultando en la pérdida de varias docenas de marineros estadounidenses. A pesar de que esto ocurrió sin una declaración formal de guerra, generó escaso revuelo en la conservadora América. El grupo antiguerra argumentaba que no deberíamos haber estado escoltando barcos con destino a Inglaterra en primer lugar, y por lo tanto, consideraban que la responsabilidad recaía en Roosevelt.

En este momento, es oportuno hacer una pausa para recordar al lector por qué Estados Unidos se vio envuelto en conflicto con los Piratas Berberiscos del Norte de África en 1801. Bajo la presidencia de Jefferson, el respaldo del público estadounidense fue sólido, motivado por los constantes ataques y hundimientos de barcos estadounidenses perpetrados por estos piratas. En respuesta, se organizó una flota de buques de guerra que logró eliminar la amenaza en apenas unos años.

Es interesante contrastar esta situación con el hundimiento de dos de nuestros buques de guerra por submarinos alemanes en 1941, que resultó en la pérdida de docenas de vidas de marineros estadounidenses, un acontecimiento apenas mencionado en los periódicos de la época. Además, es crucial recordar que la entrada de Estados Unidos en la Primera Guerra Mundial en 1917 se basó en el ataque al Lusitania por un submarino alemán frente a las costas de Irlanda.

Estos ejemplos ilustran el éxito del lobby conservador en influir en la opinión pública, evitando la participación de Estados Unidos en conflictos como la Segunda Guerra Mundial o en la ayuda a sus aliados, a pesar de las pérdidas humanas sufridas. Es notable observar cómo en el pasado, Estados Unidos había respondido a conflictos de menor magnitud, mientras que en 1941 esta dinámica no se repitió.

La situación se estaba volviendo seria en ambos océanos, pero el conflicto no era lo suficientemente intenso como para llevarnos a ayudar a nuestros amigos. Ahora examinemos de cerca la situación política y global en el otoño de 1941 en términos de lo que sabíamos, lo que deberíamos haber sabido y cómo todo esto afectó a los eventos que siguieron.

CAPÍTULO CUATRO
LA GUERRA ERA INEVITABLE

Existen varios libros bien escritos que detallan los eventos que llevaron al ataque a Pearl Harbor, por lo que no entraré en detalles aquí. Si no te gusta leer, "Tora, Tora, Tora" es una excelente película que relata estos eventos de manera muy precisa. Es importante destacar aquí por qué ni el presidente Roosevelt ni nadie más en los gobiernos británico o estadounidense sabían del inminente ataque. Sin embargo, esto no significa que deberíamos haber sido sorprendidos desprevenidos.

El gobierno japonés esperaba que Estados Unidos viera la luz y aceptara el avance de Japón hacia Asia. Pero para 1941, el público estadounidense estaba Generalmente de acuerdo en que Japón debía ser detenido. La crueldad japonesa con sus conquistados prohibía la posibilidad de un acuerdo negociado entre Washington y Tokio. Que pensaran que un acuerdo negociado era una posibilidad nos parece ridículo hoy en día, pero los japoneses realmente esperaban evitar la guerra debido a la escasa posibilidad de victoria. El gobierno militar de Japón se había convencido a sí mismo y a su emperador de que debían tener todo Asia bajo su control a cualquier costo, así que se prepararon para la guerra.

Los registros disponibles para nosotros después de la guerra muestran que el gabinete japonés se reunía a menudo durante los años treinta para considerar si era sabio continuar con sus políticas imperialistas o retroceder a su papel tradicional como un país pintoresco sin influencia internacional. Sentían desde hacía años que estaban siendo tratados como una potencia de segunda clase por el resto del mundo, lo cual, de hecho, lo eran.

Desde que el ejército tomó el control del gabinete, el resultado de sus reuniones nunca estaría en duda. Afortunadamente, para mantener un poco de cordura, el Almirante de la Flota Yamamoto era miembro del gabinete. Lamentablemente, su opinión era mayormente ignorada. Era conocido entre el personal naval estadounidense que trabajaba con él por ser un hábil jugador de póker y apostador. También aprendió mucho sobre la política y la cultura estadounidense mientras estaba en Washington, y sus puntos de vista sobre entrar en guerra con nosotros reflejaban esta experiencia. Aparentemente, era la única voz razonable en el gabinete en esos días. El ejército japonés tenía control del gabinete y pensaba que ir a la guerra con nosotros no sería un problema. Aprenderían a lamentar ese punto de vista.

Según lo que sabemos de esas reuniones del gabinete, parece que Yamamoto no pudo convencer a los Generales de que derrotar a Estados Unidos no sería posible para un país pequeño como Japón. Sin embargo, el gabinete acordó que una derrota completa de los EE. UU. no era necesaria para el éxito del objetivo final de Japón de controlar Asia. Creían que lo único que se interponía entre Japón y el control de Asia era la Flota del Pacífico de los EE. UU. Algún General no muy inteligentes concluyó que todo lo que tenían que hacer era hundir nuestra flota, y exigiríamos un acuerdo negociado que permitiera a Japón salirse con la suya en Asia. Este fue el primero de muchos errores estúpidos cometidos por los japoneses antes y durante la guerra. Sin embargo, el destino estaba sellado.

Los Generales se volvieron hacia el Almirante Yamamoto y le preguntaron si la Armada Imperial podría asegurar el Pacífico el tiempo suficiente para que Japón conquistara Formosa, Filipinas, la Indochina Francesa, las Indias Orientales Neerlandesas, Singapur, Hong Kong, Malasia, Birmania, Tailandia, China y tal vez incluso India. Se informa que el Almirante respondió con la observación más realista jamás hecha sobre ir a la guerra. "Creo que podemos controlar los mares durante seis meses, tal vez un año como máximo. Después de eso, no puedo garantizar nada". Su opinión fue notablemente precisa, ya que la Marina de los EE. UU. destruyó cuatro de los portaaviones de primera línea de Japón solo seis meses después de Pearl Harbor en la famosa batalla de Midway.

Detengámonos por un momento y resumamos la situación en la que se encontraba Japón durante 1940-41. Habían conquistado Corea, Manchuria y muchas de las principales ciudades de China. Necesitaban desesperadamente materias primas, especialmente petróleo crudo, y estaban mirando todas estas materias en el sudeste asiático a solo unas pocas millas de distancia. Retirar sus fuerzas de tierras conquistadas habría sido un serio problema para el gobierno y sin duda habría causado su colapso político. Es probable que la población japonesa, en una votación popular, hubiera exigido que fueran a la guerra con los EE. UU. en lugar de experimentar la humillación de retirarse de tierras que habían conquistado. Sin embargo, al pueblo japonés nunca se le permitió votar, así que nunca sabremos con certeza cómo se sentían. El gabinete podía leer a su pueblo y estaba cansado de ser ciudadanos de segunda clase en el mundo y estaba dispuesto a hacer algo al respecto, aunque se diera cuenta de que había un considerable riesgo involucrado.

Los japoneses habían dedicado años a la construcción de su armada y sentían un profundo orgullo por sus modernos barcos. Además, confiaban plenamente en las habilidades de sus marineros y en su devoción hacia su emperador. El Bushido, su código de lucha, era una parte fundamental de su ethos, comprendido por cada hombre en el ejército y la armada. De hecho, ante cualquier preocupación expresada sobre el tamaño de Estados Unidos, la respuesta estándar en Japón era: "Sí, pero tenemos el Bushido".

Nadie se atrevía a cuestionar esa respuesta o serían etiquetados como traidores.

Sin entrar en demasiados detalles, para los japoneses bushido significaba que cada hombre de lucha japonés era equivalente a al menos cinco estadounidenses. Además, los estadounidenses eran representados en la prensa japonesa como débiles, amantes de la diversión, poco dispuestos a luchar y en su mayoría gordos. Esto aumentaba las probabilidades de que un japonés fuera igual a diez estadounidenses. El Almirante Yamamoto sabía que esto era una falacia, pero nadie le estaba escuchando.

Los japoneses también eran conscientes del equilibrio naval que prevalecía en ese momento. La flota estadounidense, en segundo lugar en tamaño a nivel mundial, solo estaba superada por la Royal Navy de Inglaterra. Sin embargo, nuestra armada se encontraba dividida entre los dos océanos que requería proteger. Además, nuestros altos mandos navales consideraban que el próximo enemigo probable sería la Alemania Nazi, por lo que mantenían la mayor parte de nuestra flota en el Atlántico, especialmente nuestros barcos más modernos. Sin embargo, desde la década de 1930, se habían construido muy pocos barcos en alguno de los océanos debido a la influencia conservadora en el Congreso. Estos conservadores no veían la justificación para gastar dinero en barcos que podrían no utilizarse nunca, ya que buscaban evitar la guerra a toda costa.

La Armada Japonesa poseía una ventaja innegable: contaba con una flota más extensa y moderna, dotada de un mayor número de portaaviones. Además, habían dedicado tiempo a la preparación para la guerra desde la década de 1920, lo que les permitió desarrollar tácticas y armamento notablemente superiores a los nuestros. Ahondaremos en estos aspectos más adelante.

Al inicio de la guerra, contábamos con siete portaaviones, dos de los cuales fueron construidos a principios de la década de 1920, mientras que los japoneses disponían de diez, todos ellos construidos entre las décadas de 1930 y 1940. Es importante destacar que solo tres de nuestros portaaviones estaban operativos en el Pacífico en 1941: el Lexington y el Enterprise estaban estacionados en Pearl Harbor, mientras que el Saratoga se encontraba en dique seco en Bremerton. Los cuatro restantes estaban desplegados en el Atlántico.

No profundizaré en las razones por las cuales nos encontrábamos tan rezagados en la construcción de portaaviones, la columna vertebral moderna de nuestra flota. En gran medida, fue resultado de una política de austeridad financiera poco prudente, aunque también se debió a la influencia de Almirantes estadounidenses anclados en el pasado, que aún seguían aferrados a tácticas propias del siglo XIX, como las empleadas en la batalla de Jutlandia. Afortunadamente, el presidente Roosevelt tenía una visión de futuro y encargó a la Armada el diseño de una nueva clase de portaaviones, la Clase Essex, que se convertiría en el arma decisiva durante la guerra del Pacífico. A lo largo del conflicto, se construyeron veinticuatro buques de esta clase, si bien el primero de ellos, el USS Essex, no entró en servicio hasta 1943.

Para 1941, Japón podía ver que tenía una ventaja significativa en fuerza naval en el Pacífico, mientras que nos estábamos concentrando en Alemania y su fuerza submarina. Se podría decir que fue un error trágico no tener más barcos estacionados en el Pacífico, pero se podría argumentar que si lo hubiéramos hecho, más barcos habrían sido hundidos por los japoneses en Pearl Harbor.

Al inicio de la guerra, los japoneses contaban con una superioridad evidente en armamento naval, terrestre y aéreo. En qué medida este hecho los llevó a creer que una guerra contra los Estados Unidos era ganable, es un tema sobre el cual no podemos estar completamente seguros, aunque es probable que haya tenido un efecto significativo. Si hubiéramos desplegado todos nuestros portaaviones y sus buques de apoyo en el Pacífico en 1941, y los hubiéramos posicionado cerca de las costas japonesas, es posible que los estrategas japoneses hubieran reconsiderado antes de lanzar el ataque a Pearl Harbor. Sin embargo, esta estrategia resultaba inviable por razones que discutiremos más adelante.

Como mencioné anteriormente, el panorama político en América era sumamente delicado, y el presidente se encontraba en una delicada posición tratando de no alienar a ninguna facción dentro de la población o el Congreso de los Estados Unidos. Hacia 1940, los sectores conservadores del país, tanto del sur como del norte, estaban ganando fuerza. A pesar de las fuertes críticas de la prensa conservadora y del Congreso, Roosevelt había establecido encuentros con Churchill y estaba enviando suministros militares y alimentos tanto a Inglaterra como a la Unión Soviética.

Su principal queja era que nuestro Presidente estaba tratando de provocar tanto a Japón como a Alemania para que iniciaran un conflicto para que pudiéramos declarar la guerra. Muchos votantes estuvieron de acuerdo, y nuestras fuerzas armadas fueron advertidas de no hacer nada que pudiera provocar a nuestros posibles enemigos para que nos atacaran.

Confrontar a Japón con nuestro formidable poder naval no era una opción. De hecho, para asegurarse de que no "cruzábamos la línea" con nada que pudiera ser utilizado como excusa para comenzar a disparar, el Presidente ordenó que nuestra Flota del Pacífico se quedara en su base en Pearl Harbor. Nunca se le podría acusar de comenzar la Segunda Guerra Mundial.

Desafortunadamente, las demandas de los legisladores conservadores resultaron en la falta de entrenamiento para nuestros marineros y en una ubicación predecible para la mayor parte de nuestra Flota del Pacífico. El Congreso ayudó a mantener nuestra flota en puerto al mantener bajo su presupuesto para el combustible en 1941.

Se ha preguntado: "¿Por qué el Presidente transfirió la Flota del Pacífico desde sus bases tradicionales en Long Beach y San Diego, California, hacia Pearl Harbor, Hawái, a fines de la década de 1930?" Tenía una buena razón, así que respondamos esa pregunta.

La profundidad promedio de los buques capitales en la Flota del Pacífico era de 30 a 35 pies y la profundidad de la bahía en Pearl Harbor es de 40 a 45 pies. Entonces, ¿por qué es esto importante? Este fue un problema crítico debido a las características de los torpedos aéreos japoneses. Cuando un torpedo era lanzado desde un bombardero japonés, se sumergiría a una profundidad de 60 a 70 pies antes de dirigirse hacia la superficie. Nuestros Almirantes sabían esto y estaban seguros de que la poca profundidad del puerto haría que el fondeadero en Pearl Harbor fuera el lugar más seguro para que la Flota del Pacífico anclara en el mundo. Los torpedos explotarían en el fondo de la bahía y los barcos no resultarían dañados.

Una vez más, nuestro chovinismo hacia el pueblo asiático causó un optimismo injustificado, ya que nos negamos a creer que los japoneses podrían encontrar una solución a este problema. Pero lo hicieron, y la solución fue una brillante pieza de ingeniería. Construyeron grandes aletas en la cola de cada torpedo que hacían que el torpedo, tan pronto como tocaba el agua, se dirigiera hacia arriba y se dirigiera hacia la superficie. En consecuencia, los torpedos solo se hundían de quince a veinte pies antes de regresar a la superficie. No todos nuestros barcos fueron hundidos por estos torpedos, pero la mayoría sí lo fueron.

CAPTULO CINCO
PAGANDO EL PRECIO DE LA FRUGALIDAD

Creo que los señores de la guerra japoneses deseaban una guerra con los Estados Unidos para demostrar al mundo que eran una potencia de primer nivel y debían ser tomados en serio. Se habían engañado a sí mismos pensando que podrían destruir nuestra Flota del Pacífico de un solo golpe y que luego nosotros pediríamos la paz en respuesta. Sin embargo, por el momento, la cordura prevaleció y el gabinete acordó enviar a sus dos mejores enviados a Washington para negociar por última vez los términos que evitarían la guerra.

Como se ha mencionado anteriormente, el ejército japonés se había estado preparando para la acción durante varios meses. El Almirante Yamamoto, hábil estratega, identificó Pearl Harbor como la ubicación más estratégica para un ataque sorpresivo que neutralizaría nuestra flota, la cual solía estar anclada allí con regularidad. Él fue el principal arquitecto de esta operación y, para garantizar que todos nuestros barcos estuvieran en puerto, seleccionó el domingo 7 de diciembre de 1941 como la fecha del ataque. Predijo con precisión que los barcos estarían en sus amarres, los marineros descansando y las armas guardadas o aseguradas en sus respectivos compartimentos.

Yamamoto despachó a sus espías a Honolulu con la misión de mantenerlo informado sobre la ubicación e identidad de todos los barcos anclados en el puerto. Observaron que los aviones de búsqueda de la armada siempre despegaban puntualmente a las 0800 cada mañana, sin excepción. Los escasos barcos que realizaban maniobras durante la semana permanecían amarrados en sus muelles y fondeaderos asignados durante el fin de semana. Esta rutina inmutable permitió a los pilotos de la marina japonesa practicar sus ataques a baja altura en objetivos de práctica conocidos. Muchos de ellos, confiados en la aparente facilidad de hundir nuestros barcos, subestimaron la magnitud del desafío.

La flota japonesa partió desde una isla al norte de Japón y se dirigió hacia el este siguiendo una ruta septentrional hacia Hawái. Esta elección se fundamentaba en el hecho de que, durante el invierno, el tráfico marítimo comercial tendía a preferir una ruta más al sur para evitar las tormentas. Nuestro barco, de hecho, siguió esa ruta a mediados de la década de 1950.

El silencio radiofónico fue total, y para garantizarlo, retiraron todas las radios de onda corta de los barcos en el escuadrón. Únicamente el buque insignia mantenía su radio de larga distancia intacta y operativa. Aunque todos los barcos contaban con sus radios TBS funcionando, su alcance operativo normalmente no sobrepasaba las veinticinco millas. Más detalles sobre este tema se explorarán más adelante.

NEGOCIADORES JAPONESES EN WASHINGTON

Dado que estamos explorando el tema de la transmisión de radio, es oportuno dedicar un momento al análisis del descifrado de códigos y mensajes secretos. Como se ha señalado anteriormente, tras la guerra se ha corroborado de manera contundente que Japón nunca emitió señales de radio relativas a su intención de atacar Pearl Harbor. Esta certeza se fundamenta en la revisión de los registros de transmisión japoneses, los cuales son custodiados por todos los países que emplean códigos secretos. Existen razones lógicas que sustentan esta conclusión:

- ¿Quién necesitaba saber la intención japonesa? Incluso Hitler no fue informado del ataque con anticipación.

- La decisión final de lanzar el ataque no se tomó hasta que la flota estaba a mitad de camino hacia Hawái y las negociaciones habían colapsado en Washington.

- Incluso el nuevo primer ministro japonés no fue informado sobre el ataque hasta el día anterior a que ocurriera.

Se ha escrito ampliamente sobre el éxito de los estadounidenses al descifrar el código japonés secreto antes de la guerra. Sin embargo, es crucial examinar lo que realmente ocurrió.

Los descifradores de códigos de la Marina de los Estados Unidos en Honolulu, liderados por el Teniente comandante (luego capitán) Joe Rochefort, lograron descifrar el código diplomático antes del conflicto, pero no el código naval japonés. Es importante destacar que estos eran códigos distintos, y el código utilizado por la Armada Imperial Japonesa no fue descifrado hasta la primavera de 1942.

Como se mencionó previamente, los registros del código diplomático no revelaron ninguna transmisión que indicara la intención de atacar Pearl Harbor. Esto podría atribuirse a diversas razones, entre ellas, además de otras, una que destaca:

PRIMER MINISTRO JAPONÉS HIDEKI TOJO

- Nadie en el Cuerpo Diplomático sabía nada sobre el inminente ataque a Pearl Harbor. Los dos diplomáticos en Washington ciertamente no lo sabían.

Esto nos deja con el código naval japonés cuyo significado era completamente desconocido para el Teniente Comandante Rochefort y su equipo antes de Pearl Harbor. Sin embargo, hay dos incidentes relacionados con la radio que necesitan ser discutidos. Uno es la historia que circulaba en la Marina de los Estados Unidos de que nuestros operadores de radio en Hawái, aunque no podían traducir el código, estaban continuamente monitoreando el tráfico radioeléctrico japonés entre sus buques anclados y en marcha en aguas japonesas. Con experiencia, podían identificar el nombre del buque transmisor y su dirección.

Un par de semanas antes del 7 de diciembre, según la historia, todas las radios en la flota de batalla japonesa cesaron de transmitir simultáneamente, perdiendo los estadounidenses la pista de su ubicación. Justo antes de esta interrupción, nuestros operadores de radio informaron que la flota japonesa parecía estar preparándose para zarpar. Esta observación se basaba en la densidad del tráfico radioeléctrico, que suele aumentar en tales circunstancias.

Cuando se compartió esta información, los oficiales en Honolulu comunicaron al Almirante que la flota japonesa se estaba preparando para dirigirse hacia el sur, posiblemente con la intención de invadir Indonesia u otra región similar. Esta conclusión corroboraba la creencia de la Armada de que el sudeste asiático sería el primer objetivo de Japón al comenzar la guerra. Sin embargo, debido a las órdenes del Presidente de no iniciar el enfrentamiento, no se tomó ninguna medida adicional. Todos aguardaron a que la flota japonesa emergiera en el Mar de China Meridional.

El segundo incidente de radio se reportó durante la noche del sábado 6 de diciembre de 1941. El trasatlántico estadounidense Matson, SS Lurline, se encontraba justo afuera de Honolulu, listo para atracar en los muelles de la ciudad al día siguiente por la mañana. El operador de radio estaba a punto de desconectarse y retirarse cuando, supuestamente, escuchó una transmisión extraña en un idioma desconocido para él en un principio. Sin embargo, al aumentar el volumen, pronto reconoció que se trataba de dos o más barcos japoneses comunicándose entre sí.

Dado que el operador de radio del Lurline no hablaba japonés, inicialmente no pudo comprender el contenido de la transmisión. Concluyó que había más de una embarcación involucrada en la conversación y decidió informar a las autoridades una vez que llegaran a Honolulu al día siguiente. Posteriormente, apagó su equipo de radio, abandonó la cabina de comunicaciones y se retiró a descansar.

Este incidente se explica fácilmente para cualquiera que haya navegado en un barco de la marina en formación con otros buques de guerra. Como se mencionó anteriormente, todas las radios de larga distancia en la flota japonesa fueron desactivadas excepto una en el buque insignia y no era posible ninguna transmisión de larga distancia. Sin embargo, las radios TBS (hablar entre buques) aún estaban activas porque su alcance era solo de veinticinco millas más o menos. Hay una excepción a su alcance, sin embargo. Bajo ciertas condiciones atmosféricas, el alcance de las radios TBS puede ser extendido inadvertidamente mucho más lejos.

Una noche en 1954, mi barco estaba navegando en formación con otros transportes de ataque varios cientos de millas frente a la costa de San Diego. De repente, escuchamos lo que parecía ser una conversación en español a través de nuestro conjunto de TBS. Nuestro marinero en guardia era de ascendencia mexicana, así que le pedí que tradujera la conversación. Escuchó durante unos minutos y luego sonrió. "Señor, son dos taxis hablando entre sí en Tijuana". Las ondas de radio TBS pueden engañarte por la noche y viajar varias cientos de millas, y eso es lo que le sucedió al Lurline la noche del 6 de diciembre de 1941. Lamentablemente, se perdió una oportunidad para evitar el próximo ataque.

Dependiendo de su velocidad, los buques tardan entre una y dos semanas en viajar entre Japón y Hawái. Era una época tormentosa del año, así que imagino que la flota no viajó rápido a través de las aguas agitadas. Los registros japoneses inspeccionados después de la guerra confirman que cuando la flota salió del norte de Japón, tuvo que mantener el silencio de radio como se mencionó anteriormente, pero Tokio podía transmitir todo lo que quisiera.

El personal de la IJN en la sede naval en Tokio había llegado a un acuerdo con el comandante de la flota, el Almirante Nagumo. Según el acuerdo, si Tokio enviaba el mensaje "Subir al monte

Nikitaka", significaba que las negociaciones en Washington habían fracasado y la flota debía zarpar y atacar Pearl Harbor el 7 de diciembre, como estaba planeado. Este mensaje fue enviado aproximadamente una semana antes de que la flota alcanzara su destino y marcó la primera confirmación del ataque a Pearl Harbor.

Este acontecimiento marcó la primera vez que los líderes japoneses tuvieron certeza sobre el ataque a los Estados Unidos. Es crucial recordar este punto, ya que proporciona otra razón por la cual previamente no habían comunicado a nadie por radio sobre el ataque a Pearl Harbor. A pesar de haberse entrenado durante meses para la posibilidad de un ataque, no tenían certeza de que este tendría lugar hasta una semana antes del 7 de diciembre, con el fracaso de las negociaciones en Washington.

Durante este período, ¿qué acciones realizaba Estados Unidos? Una semana antes del ataque, el Departamento de Estado llegó a la conclusión de que las negociaciones con los dos embajadores japoneses no estaban progresando. No ofrecían propuestas nuevas y seguían exigiendo libertad completa para sus acciones en Asia, así como acceso sin restricciones al petróleo necesario. El Departamento de Estado informó al Departamento de Guerra, que a su vez emitió una comunicación a todas las bases del Pacífico, indicando que debían prepararse para un posible conflicto con Japón en cualquier momento. Resulta sorprendente que esta advertencia oficial fuera mayormente ignorada en Honolulu.

Entonces, resumamos lo que los Estados Unidos sabían sobre la situación japonesa el 1 de diciembre de 1941:

- Japón solo tenía unos pocos meses de combustible restante.

- Japón sentía que la Flota del Pacífico de EE. UU. era su mayor obstáculo para sus planes imperialistas.

- La flota de invasión japonesa había salido de Japón y se dirigía hacia el sur hacia las Filipinas.

- La flota de batalla japonesa basada en el norte de Japón había dejado de transmitir por radio.

- Las negociaciones en Washington no estaban avanzando.

En resumen, esto es todo lo que el presidente sabía sobre la preparación japonesa para la guerra. La creencia de que el presidente sabía de antemano la intención japonesa de atacar Pearl Harbor es totalmente falsa en todos los niveles, como se discutió anteriormente. Está totalmente inventado y sigue siendo reclamado por personas que deberían saberlo mejor. Aquí están los hechos que hablan por sí mismos.

CAPTULO SEIS
EL PRECIO DE LA ESTUPIDEZ

En la década de 1930, la Flota del Pacífico de los Estados Unidos se dividió en dos fuerzas iguales para sus juegos de guerra anuales, la flota roja y la flota azul. La flota roja tenía la tarea de defender Pearl Harbor, mientras que la flota azul planeaba atacarla. Se dice que la flota azul realizó su ataque en una mañana de domingo antes de que despegara el avión de reconocimiento. Los aviones atacantes lanzaron bolsas de harina sobre los barcos desprevenidos de la flota roja amarrados en el puerto. Todos fueron "hundidos" y la flota azul ganó los juegos de guerra de práctica de ese año.

Un segundo ataque, más reciente, tuvo lugar durante los primeros meses de la Segunda Guerra Mundial cuando una flota británica atacó a la flota italiana en Taranto, Italia, hundiendo varios de sus buques de guerra. Uno podría haber pensado que nuestros comandantes en Pearl Harbor estaban al tanto de estos ataques y estarían preparados para ellos. Pero ese no fue el caso.

Para entender por qué, necesitamos analizar el prejuicio y la actitud racista que los estadounidenses tenían contra el pueblo japonés en los años 30 y 40. Cuando se les recordaba estos exitosos ataques sorpresa, la respuesta común era: "Sí, pero fueron llevados a cabo por fuerzas estadounidenses y británicas. Los japoneses nunca serían capaces de planificar y ejecutar un ataque tan complejo". Sí, en serio. Esa era la visión predominante de la «inferior» Japón en ese entonces. Atacar Pearl Harbor estaba muy por encima de las capacidades percibidas de la «raza inferior». Éramos un país racista.

USS LEXINGTON LEJOS DE PEARL HARBOR EL 7 DE DICIEMBRE

Durante este período, cuando los amigos de mi familia venían a cenar los domingos, la conversación siempre giraba en torno al "conflicto inminente" con Japón. Mi padre, que había estado en la marina de cruceros a principios de la década de 1920, solía decir: "si nos atacan, será una guerra de seis semanas, dos semanas para encontrarlos, dos semanas para hundirlos y dos semanas para volver a casa". Esta era una opinión estándar de personas inteligentes antes de la guerra contra la "raza de segunda clase".

En todo conflicto, se pueden cometer dos errores graves que pueden conducir a la derrota. Uno de ellos es subestimar al enemigo, mientras que el otro es sobreestimarlo. Nosotros cometimos ambos errores en los preparativos y en los primeros años de la guerra. Esta falta de precisión en la evaluación de las habilidades e intenciones de Japón estuvo a punto de costarnos la victoria. De hecho, resultó en la pérdida de nuestros acorazados en Pearl Harbor. Tanto el General como el Almirante a cargo de las defensas de Pearl Harbor simplemente reflejaron la actitud prevaleciente entre el público estadounidense y los miembros del Congreso al ignorar las advertencias del presidente la semana anterior al ataque. El 6 de diciembre, cualquier estadounidense habría rechazado la idea de que Japón fuera capaz de llevar a cabo un ataque tan complejo. Nuestro propio racismo inherente nos dejó vulnerables a un ataque sorpresa meticulosamente planeado que dejó nuestra Flota del Pacífico inutilizada.

Hubo otra advertencia que, por razones técnicas, no llegó a Honolulu a tiempo, y esto también fue causado por un fallo en la transmisión de radio.

Como se mencionó anteriormente, habíamos descifrado el código diplomático japonés y estábamos interceptando los mensajes enviados entre Tokio y sus negociadores en Washington. En la mañana del 7 de diciembre, antes de que ocurriera el ataque, Tokio envió un mensaje a sus personas en Washington para destruir todos los registros antes de la 1:00 p.m., hora de Washington (8:00 a.m., hora de Honolulu), y luego pedir una reunión con el Secretario de Estado estadounidense, Cordell Hull.

Los descifradores estadounidenses pensaron que algo grave iba a suceder a la 1:00 p.m. y alertaron de inmediato a la administración sobre el mensaje. Los enviados japoneses no tenían idea de lo que estaba pasando, pero de inmediato comenzaron a trabajar. Luego llegó un mensaje de Tokio diciendo que los negociadores debían redactar una declaración de guerra contra EE. UU. y presentarla al secretario en su reunión de la 1:00 p.m.

Lamentablemente, el secretario japonés de guardia en su oficina era un mal mecanógrafo, lo que resultó en un retraso considerable en la redacción de la carta importante. Como consecuencia, los estadounidenses se enteraron de la inminente declaración de guerra y el presidente ordenó el envío urgente de un mensaje a todas las bases en el Pacífico para alertar sobre la situación. Así pues, se intentó enviar una transmisión de radio a Pearl Harbor de inmediato, ¡pero fue en vano! Este día fue uno de esos raros en los que la ionosfera estaba en declive y las ondas de radio de larga distancia no se reflejaban de vuelta a la Tierra. Posteriormente, el Departamento de Guerra logró enviar el mensaje a Western Union para su transmisión. Sin embargo, lamentablemente, no se marcó como "urgente". Como resultado, se transmitió como un mensaje rutinario. Este fue otro error costoso cometido por alguien considerado de poca importancia.

El ataque japonés a Pearl Harbor ha sido siempre descrito como una acción "sorpresiva" debido a que, en el momento de su perpetración, no se había declarado oficialmente la guerra. Claramente, esta no era la intención de Japón. Su plan original era que el Secretario Hull recibiera la declaración de guerra en el preciso instante en que los aviones japoneses descendieran del cielo sobre nuestra flota desprevenida. Esta coordinación debía realizarse de manera perfecta para evitar que los estadounidenses tuvieran oportunidad de prepararse, pero al mismo tiempo, evitar que se pudiera acusar a Japón de un ataque sin previo aviso. Aunque este plan no se materializó como esperaban, el hecho de intentar sincronizar el momento exacto para dicho evento fue un pensamiento ingenuo. En todo caso, la advertencia de Washington llegó a través de un mensajero de Western Union una hora después del inicio del ataque.

Esa fatídica mañana presenció dos eventos adicionales que podrían haber evitado o al menos mitigado el ataque, uno protagonizado por la Marina y otro por el Ejército. En la proximidad, una nueva unidad de radar se había instalado en una montaña cercana y estaba operativa. Aunque el operador era novato y el radar era prácticamente desconocido para nuestro ejército en 1941, funcionaba perfectamente cuando el operador alertó a su compañero sobre la detección de un gran vuelo de aviones dirigiéndose hacia Hawái desde el norte.

Al recibir esta información, su compañero contactó al oficial del ejército de guardia en la base para informarle sobre el avistamiento del radar. Sin embargo, la respuesta del oficial fue que un vuelo de B-17 había despegado de California esa misma mañana y probablemente era lo que habían detectado. Con esta explicación, el operador apagó la unidad de radar y regresó a la base. Esta conclusión resultó evidentemente errónea, ya que California se encuentra al noreste de Hawái, no al norte. El oficial a cargo había cometido un error de cuarenta y cinco grados.

El segundo suceso tuvo lugar en el mar, justo en las proximidades de la entrada al puerto. A las 06:30 horas del 7 de diciembre, el destructor estadounidense USS Ward, veterano de la Primera Guerra Mundial, avistó y atacó un submarino enano no identificado que intentaba seguir a otro barco de la armada hacia el puerto. El capitán del destructor informó a la base que habían disparado varios tiros de sus cañones de cinco pulgadas y lanzado cargas de profundidad sobre el submarino. La presencia de un submarino desconocido en la zona fue confirmada por otro barco y un avión explorador PBY que sobrevolaba el área en ese momento. A pesar de este reporte, el Almirante Kimmel optó por ignorarlo apenas una hora antes del ataque.

Es difícil predecir qué habría ocurrido de manera diferente si ambos informes hubieran sido tomados en cuenta, pero es plausible que los interceptores estadounidenses hubieran estado en el aire y las armas antiaéreas de los barcos listas reparadas. En mi opinión, el desenlace habría sido distinto.

PORTAAVIONES JAPONÉS

CAPÍTULO SIETE
EL CAPITÁN SIEMPRE SE HUNDE CON SU BARCO

La milicia tiene una tradición honrosa en la cual el oficial al mando de un barco o unidad de combate tiene la responsabilidad última de la seguridad de esa unidad y los hombres en ella. No se aceptan excusas. La administración alertó a las bases militares del Pacífico sobre la posibilidad de hostilidades una semana completa antes del ataque a Pearl Harbor, pero el Almirante Kimmel y el General Short no hicieron nada para prepararse. Ignoraron la advertencia. Su racismo y pura estupidez les impidieron prepararse para el ataque que el Departamento de Estado advertía que podía estar en camino, excepto por enviar el Lexington y el Enterprise a la Isla Wake para entregar aviones de combate.

Sin embargo, independientemente de si fueron advertidos o no, es una tradición venerada en el ámbito militar que el oficial al mando siempre debe tomar las medidas apropiadas para proteger su base o barco. No hacerlo constituye un delito de corte marcial. Curiosamente, ambos fueron degradados y relevados del mando en su lugar, retirándose al año siguiente. A lo largo de los años, los miembros conservadores del Congreso han intentado eximirlos de responsabilidad por el ataque a Pearl Harbor. Estos individuos son los mismos que despreciaban al presidente Roosevelt e intentaron mantenernos desprevenidos para la guerra en las décadas de 1930 y 1940.

Cuando mi padre se enteró del ataque, recordó que durante su estancia en Pearl Harbor en 1925, los aviones de combate surcaban constantemente el cielo para salvaguardar la flota de posibles ataques aéreos, a pesar de que en ese momento no estábamos en conflicto bélico con ninguna nación.

El Almirante y el General enfrentaron una investigación del Congreso y fueron debidamente hallados negligentes en su deber por no adoptar las medidas adecuadas para proteger a sus hombres, embarcaciones y base. Desde entonces, los críticos del presidente Roosevelt, entre los conservadores, han sostenido que ambos fueron tratados injustamente y que la responsabilidad debería recaer en el presidente. ¡Puras falacias! Fueron advertidos una semana antes, pero eso carece de relevancia. Jamás existe una excusa aceptable para estar desprevenido ante un ataque, sea en tiempos de paz o de guerra. Todo militar debe comprender ese principio. Si uno no está dispuesto a asumir esa realidad, entonces no está preparado para asumir responsabilidades de mando.

Este concepto se ilustra vívidamente en las secuelas del trágico hundimiento del USS Indianapolis durante el verano de 1945. Los detalles de este suceso, que implicó al crucero pesado responsable de transportar las dos bombas atómicas hacia Saipán, son ampliamente conocidos y no requieren discusión aquí. Sin embargo, la historia del Indianapolis guarda relevancia con respecto a Pearl Harbor debido a un hecho particular: el capitán del barco enfrentó un juicio militar por supuesta negligencia al no tomar medidas evasivas mientras se dirigía hacia Filipinas, a pesar de que la guerra estaba a punto de finalizar en tan solo dos días.

Durante el juicio, el capitán declaró haber solicitado escolta de destructores, pero su solicitud fue denegada. Por otro lado, el capitán del submarino japonés implicado en el ataque afirmó que, incluso si el crucero hubiera tomado medidas evasivas, tales acciones no habrían sido suficientes para evitar el impacto de los torpedos en su blanco.

Sin embargo, el capitán fue condenado porque perdió su barco, aunque muchas personas familiarizadas con el caso criticaron duramente el veredicto de la marina.

Entonces, dejemos atrás la controversia de quién fue responsable del "ataque sorpresa" japonés a Pearl Harbor. Su éxito fue el resultado de una combinación de una buena planificación del Almirante Yamamoto, una ejecución buena (pero no excelente) del Almirante Nagumo, mala suerte y mal juicio en el lado estadounidense e incompetencia de los dos oficiales al mando de la base, que fue causada principalmente por la negación racista de las habilidades de los japoneses.

Un último elemento relacionado con el ataque debe ser discutido. Aunque la mayoría de la suerte de América fue mala en esa fatídica mañana del domingo, dos eventos que ocurrieron ese día salvaron la guerra para Estados Unidos en el día que comenzó.

Dado que el Departamento de Guerra había emitido una alerta a Pearl Harbor indicando que la guerra era probablemente inminente, el Almirante Kimmel dio la orden de desplazar sus dos portaaviones junto con sus escoltas hacia la Isla Wake para entregar aviones de combate. Como resultado, el USS Enterprise y el USS Lexington, junto con sus buques de escolta, no se encontraban en Pearl Harbor el 7 de diciembre. Además, el crucero ligero USS Richmond había sido enviado a Sudamérica en una misión de buena voluntad. De haber estado presentes en Pearl Harbor, es muy probable que hubieran sido blanco de los ataques, aumentando aún más la devastación de nuestra flota. (Cabe destacar que el crucero USS Raleigh, de características similares al Richmond, se encontraba atracado en su muelle durante el ataque y recibió tres torpedos. Gracias al esfuerzo heroico de su tripulación, logró mantenerse a flote y sobrevivió a la guerra. Recuerdo que un joven residente de nuestra cuadra en Oakland formaba parte de la tripulación del Raleigh y me relató esa historia con detalle).

Como resultado de esta buena fortuna, todos nuestros portaaviones estaban disponibles después del 7 de diciembre para comenzar los contraataques. Lexington y Yorktown estuvieron involucrados en la batalla del Mar del Coral que alejó a los japoneses de Australia. El Lexington fue hundido en esa batalla, pero el dañado Yorktown fue reparado y participó en la batalla de Midway, donde también fue hundido. Para la batalla de Midway, los portaaviones Hornet y Yorktown se habían unido a la Flota del Pacífico desde el Atlántico, de modo que tres portaaviones estaban disponibles para la batalla de Midway.

El segundo golpe de buena fortuna se produjo gracias a una decisión tomada por el Almirante japonés Nagumo. El plan original concebido por Yamamoto implicaba que los aviones atacantes regresaran a sus portaaviones, se reabastecieran y rearmaran, para luego ejecutar un segundo ataque contra Pearl Harbor. Este segundo asalto tenía como objetivo principal la destrucción de los diques secos y los numerosos depósitos de combustible dispersos en las colinas cercanas.

Por motivos que el Almirante Nagumo nunca reveló, salvo en conversaciones privadas con su superior, el Almirante Yamamoto, decidió que los estadounidenses estarían alertados tras el primer ataque y, por ende, esperarían un segundo ataque si regresaban. Por lo tanto, ordenó a sus barcos dar media vuelta y regresar a casa sin llevar a cabo otro ataque. Este fracaso en destruir los diques secos y el depósito de combustible representó un error monumental que causó la ira tanto del Almirante Yamamoto como de los marineros de su flota. El Almirante Nagumo, siendo un hombre de avanzada edad y posiblemente el más veterano de la marina japonesa, carecía del ímpetu y la audacia necesarios para aprovechar una oportunidad que podría haber mantenido a los japoneses fuera del Pacífico durante meses, o incluso años, por venir.

Después de la guerra se afirmó que si los japoneses hubieran destruido los suministros de combustible de nuestra armada en Pearl Harbor, habríamos enfrentado la imposibilidad de desplegar una flota en el mar durante al menos nueve meses, e incluso posiblemente doce. Además, gracias a que nuestros diques secos permanecieron intactos, todos nuestros barcos, salvo uno, que fueron hundidos, fueron reparados y volvieron a la acción en un plazo de dos años.

Es digno de destacar que tres batallas cruciales tuvieron lugar dentro de los primeros nueve meses tras el ataque a Pearl Harbor: el Mar del Coral, Midway y la invasión de Guadalcanal. Ninguna de estas habría sido posible si los japoneses hubieran logrado destruir nuestro suministro de combustible.

En la batalla del Estrecho de Surigao en octubre de 1944, el Almirante Jesse Oldendorf lideró una flota compuesta por seis acorazados, logrando hundir todos, excepto uno, de los barcos japoneses presentes, incluyendo dos acorazados. Es importante destacar que todos los acorazados bajo el mando de Oldendorf habían sido previamente hundidos en Pearl Harbor, pero fueron rescatados y reparados gracias a los diques secos que el Almirante Nagumo no logró destruir.

Durante los conflictos bélicos, los errores pueden acarrear consecuencias significativas para las naciones involucradas. En el caso de Estados Unidos, los errores cometidos fueron lo suficientemente graves como para permitir un exitoso ataque japonés a Pearl Harbor. Sin embargo, los errores estratégicos de Japón durante el transcurso de la guerra les costaron la victoria, a pesar de infligir enormes bajas a sus oponentes.

El primer y más grave error de Japón fue atacar Pearl Harbor en primer lugar. Parece que el Almirante Yamamoto tenía conciencia de esto e intentó inyectar un poco de cordura en las discusiones de Japón sobre la declaración de guerra en los años 30 y 40, como se mencionó anteriormente. La conclusión a la que llegó el gabinete japonés, de que Estados Unidos se vería obligado a negociar la paz después de que nuestra flota fuera hundida en Pearl Harbor, fue el error más costoso jamás cometido por alguien en la historia.

Al igual que Estados Unidos era racista, también lo era Japón. Consideraban a los estadounidenses como inferiores, descuidados y cobardes. El comentario de Yamamoto después del ataque fue muy preciso cuando se informó que dijo que habían "despertado a un gigante dormido". Sabía que habían mordido más de lo que Japón podía masticar, pero fue lo suficientemente patriota como para seguir la decisión de su gobierno. Japón subestimó la capacidad, la determinación y la resolución de Estados Unidos para vengar el ataque a nuestra flota, el primero de muchos errores costosos cometidos por Japón.

CAPÍTULO OCHO
SI VAS A ATACAR, HAZLO BIEN

Una vez que Japón tomó la decisión de atacar a Estados Unidos, la ejecución debía ser impecable. El simple acto de "despertar a un gigante dormido", como lo expresó el Almirante Yamamoto, no solo resultó ineficaz, sino también peligroso. En lugar de simplemente hundir unos pocos acorazados antiguos en Pearl Harbor y acariciar la barba del gigante, había una oportunidad clara para infligir un golpe mucho más devastador al atacar la Costa Oeste.

Debemos reconocer que estábamos peligrosamente desprevenidos. Esta vulnerabilidad se hizo aún más evidente a lo largo de nuestra Costa Oeste, desde Washington y Oregón hasta California, siendo esta última la más vulnerable. El Norte de California había albergado numerosas bases militares de importancia histórica, algunas de ellas datando incluso de la Guerra Civil. Desde el Astillero Naval de Bremerton en Washington hasta la Base de Destructores en San Diego, prácticamente no habría quedado ningún punto desde el cual organizar un contraataque contra Japón. Si el Almirante Nagumo hubiera continuado desde Hawái hasta San Francisco, un viaje que podría haber realizado en menos de una semana, el caos que habría causado probablemente habría sido insuperable para nosotros. Una vez que los buques capitales en Pearl

Harbor fueron hundidos, nuestras bases militares en la costa oeste quedaron desprotegidas. Además, carecíamos de aviones tanto para la protección aérea del Ejército como de la Marina.

Se rumoreaba que la pronta retirada de Nagumo de Hawái fue motivada por la presencia de dos portaaviones estadounidenses, ubicados en algún punto entre Honolulu e Isla Wake. Sin embargo, siendo realistas, nuestros portaaviones y sus pilotos, aunque los valorábamos enormemente, no podían competir con la destreza y experiencia de los veteranos pilotos de combate japoneses. La mayoría de ellos habían luchado en China y poseían una considerable pericia en vuelo y combate, como demostraron en Pearl Harbor. Consciente de no querer sufrir pérdidas significativas, Nagumo ordenó una retirada total, dejando a nuestra Costa Oeste prácticamente desprotegida y vulnerable ante la aniquilación. Sus acciones sellaron el destino de Japón, y era solo cuestión de tiempo. Incluso el Almirante Yamamoto, quizás, no vislumbraba completamente la magnitud de la oportunidad perdida por su flota. Muchos de nosotros, residentes de California, éramos conscientes de las posibilidades que se habían esfumado y estábamos profundamente consternados.

Para quienes habitábamos en California, resultaba evidente que las fuerzas japonesas proseguirían hacia el este para completar su cometido, y sabíamos que no había nada que pudiéramos hacer para detenerlos. Los apagones en el Área de la Bahía se hacían sentir, y los niños nos refugiábamos bajo nuestros pupitres para protegernos de posibles bombardeos japoneses. Además, siempre levantábamos la vista al cielo al oír pasar un avión. Si los japoneses hubieran continuado hacia nuestro Área de la Bahía, podrían haber diezmado gran parte de la capacidad bélica de América, incluyendo:

- El Astillero Naval de Hunter's Point, que poseía la grúa más grande del mundo capaz de levantar motores enteros de acorazados para su reparación.

- Fort Mason, por donde muchos de los soldados que se dirigían al Pacífico embarcaban.

- Los muelles a lo largo del paseo marítimo de San Francisco, a través de los cuales pasaba gran parte de la carga militar durante la guerra.

- La Estación Naval de Aviación de Moffett Field en Sunnyvale, hogar de los escuadrones de dirigibles que patrullaban la Costa del Pacífico atacando y hundiendo submarinos japoneses.

- La Estación Naval de Aviación de Alameda, desde donde el Coronel Doolittle inició su famoso pero mínimamente efectivo ataque a Tokio.

- El Centro de Suministro Naval de Oakland, el centro de suministro más grande del mundo.

- La Terminal del Ejército de Oakland, por donde pasaba todo el personal del Ejército que se dirigía al teatro del Pacífico.

- Dos astilleros importantes en el estuario de Alameda, Todd Shipyard y Moore Drydock.

- El Astillero Naval de Mare Island, que había estado construyendo y reparando barcos y submarinos desde la Guerra Civil.

- El Depósito de Armas Navales de Concord, por donde pasaba toda la munición utilizada por la Marina y el Cuerpo de Marines en las campañas de las Islas del Pacífico.

- Los Astilleros Kaiser en Richmond, que construyeron la mayoría de los barcos de la Libertad, petroleros y de la Victoria para la guerra.

- El Depósito de Combustible Naval en Richmond, que suministraba toda la gasolina, diésel y bunker utilizados en el Pacífico.

- Treasure Island, sede del Décimo Segundo Distrito Naval.

- La base de la Guardia Costera de Yerba Buena Island.

- Tres importantes refinerías de petróleo en la Costa de Contra Costa.

- Las plantas de ensamblaje de Ford y Chevrolet que fabricaban jeeps y camiones en Oakland y Richmond.

- Y para no olvidar, los dos puentes que atraviesan la bahía hacia San Francisco. La destrucción de estos puentes habría bloqueado la bahía durante años.

Los japoneses no atacaron nuestra Costa Oeste, y su destino estaba sellado.

De manera sorprendente, el 7 de diciembre, todas las críticas conservadoras dirigidas al Presidente por su manejo en la preparación para la guerra repentinamente cesaron. Los críticos, como Charles Lindbergh y el Padre Coughlin, dejaron de expresar sus quejas y se unieron al esfuerzo bélico. La figura del Padre Coughlin desapareció por completo; el perjuicio que habían infligido a los esfuerzos del Presidente Roosevelt para preparar al país para la guerra era enorme, aunque imposible de cuantificar. Los bombardeos y torpedos japoneses nos unieron de una manera que nada más podría haber logrado. Finalmente, estábamos unidos en esta causa. El fracaso en atacar nuestra costa oeste fue, probablemente, el mayor error cometido por Japón.

Es interesante destacar que cuando comenzó la guerra, como se mencionó en un capítulo anterior, el Presidente Roosevelt ordenó a su cuerpo aéreo no permitir que Charles Lindbergh se enlistara. Así que, él fue a trabajar para Lockheed en el sur de California transportando P-38 hacia el Pacífico Sur. Tiene el récord de ser el único civil en derribar aviones enemigos. Tenía dos Zeros en su haber, como se mencionó anteriormente.

LOS DEPÓSITOS DE COMBUSTIBLE SOBREVIVIERON AL ATAQUE A PEARL HARBOR

CAPTULO NUEVE
INVITA A TUS AMIGOS A LA FIESTA

Como se ha señalado anteriormente, Adolph Hitler no tenía conocimiento previo del plan de Japón de atacar Pearl Harbor. Es fácil imaginar su confusión y sorpresa al enterarse. Es importante recordar que, después del 7 de diciembre, aún no estábamos en guerra con Alemania, lo que desconcertaba a los simpatizantes pro-nazis estadounidenses. Su respuesta típica era: "Dejemos que Inglaterra y Rusia luchen contra Alemania, mientras nosotros nos enfrentamos a Japón". Este punto de vista esperanzador era compartido por muchos simpatizantes proalemanes en Estados Unidos, ya que no parecía haber razón alguna para que Hitler nos atacara.

Durante los días siguientes, Hitler se encontraba inmerso en la preocupación sobre cómo abordar la cuestión de los Estados Unidos. Se ha escrito extensamente sobre las razones que eventualmente lo llevaron a declarar la guerra a los Estados Unidos. Cuatro días después del ataque a Pearl Harbor, el 11 de diciembre, anunció en una transmisión que Alemania estaba declarando la guerra a los Estados Unidos. Este acto resolvió muchos dilemas para Estados Unidos, ya que el sector proalemán en nuestro país finalmente tuvo que reconocer a Hitler como nuestro enemigo. Estados Unidos estaba oficialmente en guerra con Alemania.

La incógnita que aún persiste sin respuesta es por qué Hitler optó por declararnos la guerra cuando aparentemente no había necesidad de hacerlo. En aquel momento, estaba profundamente involucrado en el conflicto en Rusia, con Moscú a las puertas durante aquel invierno. Algunos han especulado que buscaba asegurar el suministro de materias primas japonesas, o que esperaba que Japón iniciara una invasión de Siberia desde el este. Sin embargo, las motivaciones exactas siguen siendo desconocidas. Personalmente, creo que pudo haber tenido múltiples razones detrás de su decisión.

Inicialmente, observó con detenimiento la devastación de la flota estadounidense en Pearl Harbor y percibió que derrotar a Estados Unidos sería una tarea sencilla. Además, notó la división en la opinión pública estadounidense, de la que hemos hablado previamente, y concluyó que la mayoría de los estadounidenses no estarían dispuestos a entrar en conflicto con Alemania. Asimismo, Hitler había establecido un pacto de defensa mutua con Japón, que lo obligaba a respaldar a Japón en caso de ser atacado, pero dado que nosotros no habíamos perpetrado dicho ataque, ese acuerdo no era aplicable.

Sin embargo, Hitler había cometido un error fatal al invadir la Unión Soviética durante el verano anterior, y su segundo gran error fue declarar la guerra a los Estados Unidos ese mismo invierno. Las motivaciones detrás de sus acciones pueden ser objeto de especulación, pero ahora se encontraba en guerra contra la Unión Soviética, las Islas Británicas, Canadá, Australia, Nueva Zelanda, India, Sudáfrica y los Estados Unidos. A pesar de ello, durante el invierno de 1941-1942, la balanza parecía inclinarse a favor del Eje.

En 1942, la guerra de Alemania contra Estados Unidos se limitó principalmente a acciones submarinas; el hundimiento de nuestros buques resultó devastador tanto para los británicos como para los soviéticos, así como para nuestra flota mercante. Ahora estábamos involucrados en un conflicto en ambas costas.

El año 1942 no fue propicio para nosotros; aunque ganamos algunas batallas, comenzamos a llevar la guerra a nuestros enemigos. Ahora, examinemos las armas y tácticas empleadas por ambas partes al inicio de la guerra.

SUBMARINO PATRULLERO ALEMÁN EN EL ATLÁNTICO

CAPTULO DIEZ
CÓMO NOS COMPARAMOS TODOS

Para comprender plenamente el dilema que enfrentamos al combatir contra las potencias del Eje en 1941, es fundamental revisar el estado de nuestras fuerzas armadas y compararlo con el de las potencias del Eje. Es importante recordar que nuestro congreso consistentemente había rechazado asignar fondos adecuados para la modernización y equipamiento de nuestras fuerzas armadas.

Veamos cómo esta situación nos afectó cuando estalló la guerra. En otras palabras, examinemos quién tenía el mejor arsenal el 7 de diciembre de 1941.

<u>AVIONES DE CAZA</u>

Japón: El Zero probablemente fue el mejor avión de caza del mundo en 1941. Era rápido, maniobrable y tenía una buena tasa de ascenso. Ningún caza aliado en ese momento podía hacerle frente, excepto probablemente el Spitfire. El Zero estaba bien diseñado y era fácil de construir, pero carecía de armadura para proteger al piloto y se desarmaba fácilmente cuando era alcanzado por fuego de ametralladora calibre .50. Fue superado tanto por el Hellcat de la Armada como por el Mustang del Ejército a partir de 1943. Pero en 1941-42, el Zero dominaba los cielos del Pacífico.

Estados Unidos: El Ejército tenía el P-40 y la Marina el F4F Wildcat. Ambos eran adecuados, pero ninguno era rival para el Zero o el Me-109 alemán. El P-38 era superior al Zero en muchos aspectos, pero no se hizo operativo hasta bien entrado 1942. El Corsair de la Marina era un buen caza, pero no era utilizable en portaaviones hasta bien avanzada la guerra. Sin embargo, era un buen caza marino y más tarde fue desarrollado por los británicos para su uso en portaaviones.

CAZA ZERO JAPONÉS

WARHAWK P-40 DEL EJÉRCITO

CAZA WILDCAT F4F DE LA MARINA DE LOS EE. UU.

Alemania: El ME-109 fue desarrollado durante los años 30 y fue un excelente caza. Ningún avión estadounidense podría igualarlo hasta que los P-47 y P-51 se hicieran operativos en 1943. Sin embargo, el Spitfire demostró ser su igual durante la Batalla de Gran Bretaña en 1940.

CAZA MESSERSCHMITT ME-109

El Folke Wolf 190 era un caza de motor radial refrigerado por aire que era superior al Spitfire en todos los aspectos excepto en maniobrabilidad. Sus dos cañones de 20 mm y dos ametralladoras pesadas le daban mucha más potencia de fuego que las débiles ametralladoras calibre .303 del Spitfire. A medida que avanzaba la guerra, los británicos se dieron cuenta y agregaron dos cañones de 20 mm a su Spitfire, pero estamos

comparando aviones de caza en 1941. Los pilotos de la RAF aprendieron desde el principio a evitar el 190 siempre que fuera posible.

Gran Bretaña: El Spitfire de la RAF fue el mejor caza diseñado en la guerra europea hasta que llegó el P-51 en 1943. Normalmente superaba al ME-109 en combate. Su diseño se basaba en hidroaviones de carreras que la compañía Supermarine había construido durante los años 30 y que habían dominado las carreras de velocidad antes de la guerra. El Spitfire tenía prácticamente el mismo cuerpo sin los flotadores. El motor Rolls Royce Merlin fue el mejor motor de combustión interna jamás construido y convirtió al Spitfire en el mejor caza de Europa. Desafortunadamente, tenía un alcance limitado y no podía escoltar a sus bombarderos a Alemania y de regreso. Realmente despegó (sin juego de palabras) cuando estuvo disponible la gasolina de 100 octanos (y luego la de 130 y 150 octanos) junto con el aumento de la relación de compresión del Merlin (ver capítulo 16).

CAZA SPITFIRE DE LA RAF

Unión Soviética: El caza MIG era adecuado pero Generalmente superado por el ME-109 alemán. Mejoró a medida que avanzaba la guerra.

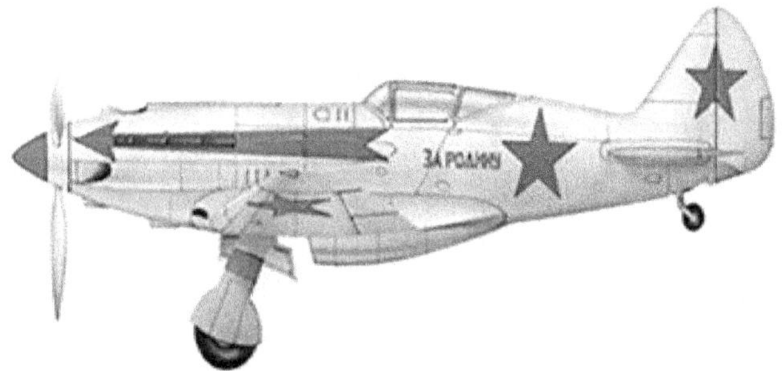

CAZA MIG SOVIÉTICO

Ventaja de Aviones de Caza: Japón/Alemania

BOMBARDEROS DE LARGO ALCANCE

Japón/Alemania: Ni Japón ni Alemania desarrollaron bombarderos de cuatro motores de largo alcance antes o al comienzo de la guerra. Sus bombarderos medianos se utilizaron para misiones de bombardeo de largo alcance pero sus cargas de bombas eran pequeñas.

Estados Unidos: El Cuerpo Aéreo de los Estados Unidos comenzó la guerra con un Boeing B-17 parcialmente desarrollado. Fue el primer bombardero de cuatro motores del mundo y, aunque resultó ser muy efectivo, estaba sobre diseñado y, en consecuencia, no podía llevar una carga de bombas grande. El B-24 que le siguió y luego el B-29 fueron superiores en diseño y capacidad de carga de bombas.

BOMBARDERO B-17 DEL EJÉRCITO DE LOS EE. UU.

Gran Bretaña.

Durante los primeros compases de la guerra, la Royal Air Force (RAF) contaba con uno de los bombarderos de largo alcance más destacados: el Avro Lancaster. Este avión destacaba por su ala de alta relación de aspecto, capaz de transportar una carga considerable de bombas, y estaba impulsado por cuatro potentes motores Merlin.

Ventaja: EE. UU./Gran Bretaña

BOMBARDEROS DE MEDIO ALCANCE

Tanto el Eje como los Aliados contaban con sólidas flotas de bombarderos de medio alcance al inicio de la guerra. La RAF destacó al Mosquito como el más sobresaliente de sus bombarderos de este tipo, aunque su disponibilidad llegó más tarde en el conflicto. Una vez en servicio, este avión se convirtió en el propulsado por hélice más veloz jamás construido.

Estados Unidos

El B-25 Mitchell desempeñó un papel fundamental como nuestro principal bombardero mediano a lo largo de toda la contienda, siendo incluso utilizado durante el conflicto coreano. No podemos olvidar la histórica incursión de General Doolittle sobre Tokio en 1942.

Alemania

Alemania confió en el Henkel He-88 como su principal bombardero estándar durante la guerra. Aunque inicialmente concebido para brindar apoyo a las tropas en tierra, terminó siendo empleado en la campaña de bombardeos sobre Inglaterra, una tarea para la cual no había sido originalmente diseñado.

Ventaja: Ningún lado tenía la ventaja hasta que salió el Mosquito, en ese momento la balanza se inclinó hacia los Aliados.

BOMBARDERO MOSQUITO DE LA RAF

LOS DOS MOTORES MERLIN LO CONVIRTIERON EN EL AVIÓN DE HÉLICE MÁS RÁPIDO JAMÁS CONSTRUIDO

BOMBARDERO MEDIANO B-25 BILLY MITCHELL DEL EJÉRCITO DE LOS EE. UU.

BOMBARDERO MEDIANO HE-88 DE ALEMANIA

TANQUES

Alemania: Aunque el tanque fue concebido por los británicos durante la Primera Guerra Mundial, fueron los alemanes quienes lideraron el desarrollo de tanques durante la Segunda Guerra Mundial. Iniciaron con modelos como el Panzer I, II y III, para luego evolucionar hacia diseños más avanzados como el Panther y el Tiger. Sin embargo, los tanques alemanes enfrentaron desafíos significativos en términos de mantenimiento y reparación, lo que resultaba en períodos prolongados de inactividad cuando sufrían daños.

Estados Unidos: El M4 Sherman era un buen tanque mediano pero no podía igualar a los pesados tanques alemanes. Se decía que se necesitaban al menos seis Sherman para destruir un Panther y cinco de ellos no sobrevivían. Solo el que venía desde atrás del tanque Panzer vivía para luchar de nuevo.

TANQUE ALEMÁN TIGER 1

El General Patton fue objeto de críticas por respaldar el tanque mediano Sherman, a pesar de que los tanques alemanes, como el Tiger y el Panther, destacaban por su tamaño y armamento más potente. Sin embargo, los detractores de Patton no comprendieron que el Sherman era el tanque más pesado que podía ser transportado a través del Atlántico en barcos de carga. Es cierto que en enfrentamientos individuales, los tanques alemanes más grandes podrían tener la ventaja, pero la mayoría de las fuerzas alemanas empleaban tanques de menor tamaño que el Sherman, los cuales este podía vencer. Además, el Sherman desempeñaba un papel crucial en el apoyo a la infantería, y muchos expertos consideran que fue el mejor tanque a medida que avanzaba la guerra. Aunque en 1941 los alemanes contaban con los tanques superiores, el panorama cambió con el tiempo.

Gran Bretaña: Los tanques Churchill estaban bien diseñados y, cuando se equipaban con el cañón de 75 mm, eran efectivos en la mayoría de las batallas de tanques. Sin embargo, no tenían suficiente blindaje para hacer frente al Panther.

Japón: Japón carecía de experiencia en la fabricación de tanques y adquirió varios cientos de ellos a Francia antes del estallido de la guerra. Sin embargo, los tanques que finalmente produjeron resultaron ser inferiores, con un blindaje insuficiente que los dejaba en desventaja frente al Sherman estadounidense. Un conocido mío, quien sirvió como ametrallador en la infantería, mencionó que su principal desafío al enfrentarse a un tanque japonés era su escaso blindaje, ya que las balas calibre .30 podían atravesar fácilmente el escudo del tanque, alcanzando e hiriendo o matando a las tropas estadounidenses al otro lado.

Unión Soviética: Los rusos desarrollaron su tanque T-34 en gran secreto y lo lanzaron contra los alemanes en la batalla de Kursk, la batalla de tanques más grande de la historia. No eran del todo equivalentes al Panther alemán pero destruyeron muchos de ellos. Ganaron la batalla de Kursk y llevaron al ejército soviético a Alemania.

Ventaja: Alemania

TANQUE MEDIANO SHERMAN DEL EJÉRCITO DE LOS EE. UU.

TANQUE T-34 DE RUSIA

CAÑONES ALEMANES DE ARTILLERÍA DE CAMPO DE 88 MM

ARTILLERÍA DE CAMPO

Alemania: Los alemanes desarrollaron lo que se consideraba la mejor arma de artillería en la guerra, el 88 mm. Fue la única pieza de artillería que se podía utilizar para el apoyo de infantería, la acción contra tanques y el fuego antiaéreo.

Estados Unidos: El Ejército de los Estados Unidos usaba principalmente artillería de campo de 75 mm, 105 mm y 155 mm y cañones antiaéreos separados de 90 mm. Ninguno de estos igualaba al 88 alemán.

Ventaja: Alemania

MARINA

Gran Bretaña: La Royal Navy ostentaba el título de la más grande del mundo, aunque la mayoría de sus imponentes buques databan de la Primera Guerra Mundial. Para adaptarse a las demandas de la Segunda Guerra Mundial, se vio obligada a reorganizarse en varias flotas: la Flota del Mediterráneo, la Flota del Hogar, la Flota del Atlántico y la Flota del Pacífico. La Flota del Pacífico sufrió un duro golpe cuando los japoneses hundieron el Príncipe de Gales y el Repulse durante la primera semana del conflicto. Mientras tanto, la Flota del Hogar permanecía vigilante cerca de Gran Bretaña para prevenir cualquier intento de invasión por parte de Alemania. Sin embargo, sus vulnerabilidades quedaron al descubierto cuando el Bismarck, con un solo proyectil, alcanzó al HMS Hood en 1941, provocando una explosión en el almacén de municiones y su hundimiento.

Alemania. La Marina Alemana, aunque de tamaño reducido, destacaba por su modernidad, ya que la mayoría de sus embarcaciones fueron construidas durante las décadas de los 30 y 40. Estos navíos, bien concebidos, contaban con tripulaciones altamente hábiles. Afortunadamente para los Aliados, Hitler mostraba reticencia en comprometerlos con frecuencia, lo que limitaba su impacto en la guerra. Entre las principales unidades se encontraban los submarinos, que sembraron el caos en el transporte aliado hasta 1943, cuando la contundente fuerza antisubmarina aliada en el Atlántico finalmente los neutralizó. Estos submarinos estaban diseñados para patrullas de largo alcance y sus tácticas buscaban asfixiar a Inglaterra, un objetivo que estuvieron cerca de alcanzar. El temor de Hitler a exponer su flota de superficie fue tal que mantuvo su acorazado más imponente, el Deutschland, anclado en un fiordo en Noruega hasta que fue hundido cerca del final de la guerra por bombarderos Mosquito británicos.

BUQUE DE GUERRA HMS BARHAM DE LA ROYAL NAVY

Japón:. Durante la década de 1930, Japón optó por desoír las restricciones impuestas sobre el tamaño de su flota por la Conferencia de Washington en 1922, y procedió a su construcción de manera frenética. La nación insular asiática contaba con seis portaaviones pesados y seis ligeros ya en activo, junto con siete adicionales en proceso de construcción. Además, mantenía en su arsenal diez acorazados, con tres más en fase de edificación. Entre estos, destacaban el imponente Yamato y el Musashi, que ostentaban el título de los buques de guerra más grandes jamás construidos. Con la vastedad del

Océano Pacífico como su único dominio marítimo, Japón se enfrentaba a la tarea de patrullar estas aguas estratégicas.

Nota: Cuando el Yamato fue hundido por bombarderos torpederos de la Armada de los EE. UU. en 1945, más de 3000 marineros japoneses se hundieron con él, casi la misma cantidad que el número total de estadounidenses muertos en el ataque japonés a Pearl Harbor.

La supremacía japonesa no se limitaba simplemente a sus buques. Durante la década de 1930, habían desarrollado torpedos que superaban con creces a los de Estados Unidos. El Tipo 93, conocido como Long Lance, destacaba por su alcance extendido, mayor carga explosiva, rapidez, precisión y su casi imperceptibilidad en ruta hacia su objetivo. Este ingenio bélico era prácticamente indetectable y más veloz gracias al uso de oxígeno puro como oxidante para su turbina de propulsión. La estela nula que dejaba el torpedo en su avance lo volvía prácticamente invisible. En el ataque a Pearl Harbor, la mayoría de los acorazados hundidos fueron víctimas del Long Lance, además de varios portaaviones y cruceros aliados, entre ellos el Northampton, Juneau, Hornet, Yorktown, Atlanta, Wasp, Helena, Houston, Exeter, Perth, Java, De Ruyter y una decena de destructores.

ACORAZADO BISMARCK DE ALEMANIA

La Armada Imperial Japonesa poseía una segunda ventaja destacable: su excepcional entrenamiento para la guerra en el mar. Su táctica se basaba en liberar a sus destructores durante los enfrentamientos navales, permitiéndoles moverse libremente entre los barcos estadounidenses para lanzar sus torpedos. Mientras tanto, las tácticas estadounidenses mantenían a sus destructores alineados con los buques capitales, lo que los dejaba prácticamente inoperativos en combate. Sin embargo, todo esto cambió con la llegada del Almirante Arleigh Burke al mando de nuestros escuadrones de destructores en 1943.

La tercera ventaja crucial para la Armada Imperial Japonesa residía en el desarrollo de binoculares capaces de "ver" en la oscuridad, resultando tremendamente efectivos antes de la invención del radar.

Estos tres avances técnicos otorgaron a la Armada Imperial Japonesa una clara superioridad sobre la Armada de los Estados Unidos en el Pacífico durante el año 1941.

ACORAZADO JAPONÉS YAMATO

EL MAYOR BUQUE DE GUERRA DEL MUNDO

Estados Unidos: Los Estados Unidos tenían la responsabilidad de proteger dos vastos océanos, y los recursos navales desplegados en el Pacífico para enfrentar a los japoneses eran los siguientes, según datos proporcionados por Wikipedia: nueve acorazados, tres portaaviones, once cruceros pesados y diez cruceros ligeros. De entre nuestros tres portaaviones desplegados en el Pacífico, dos, el Lexington y el Saratoga, fueron botados a principios de la década de 1920, construidos a partir de cascos de cruceros pesados. Sin embargo, para 1941, nuestra Flota del Pacífico se encontraba obsoleta, superada significativamente por una flota moderna y superior, tripulada por marineros japoneses altamente entrenados.

ACORAZADO U.S.S. CALIFORNIA

RECONSTRUIDO DESPUÉS DE SER HUNDIDO EN PEARL HARBOR

El objetivo del ataque de Japón a Pearl Harbor era hundir al Lexington y al Enterprise, ambos estacionados allí. Sin embargo, en un golpe de suerte inusual, ambos estaban en el mar entregando aviones a la Isla Wake el 7 de diciembre, evitando así el destino de sus buques gemelos anclados en el puerto. Mientras tanto, el Saratoga se encontraba en dique seco en Bremerton para reparaciones.

Pasaron varios meses antes de que los Estados Unidos trasladaran sus modernos buques capitales del Atlántico al Pacífico. Nuestra primera victoria en el Pacífico ocurrió en mayo de 1942 en el Mar del Coral, seguida de nuestra gran victoria en junio en Midway. Sin embargo, sufrimos severas derrotas y perdimos varias batallas navales en Guadalcanal hasta un año después de Pearl Harbor.

Al reflexionar sobre la guerra del Pacífico, surge la pregunta de cómo logramos ganarla considerando nuestra situación desfavorable en diciembre de 1941. La respuesta, como todos los historiadores señalan, radica en nuestra capacidad para unirnos, organizarnos y ser productivos, además de contar con algo de suerte. Un año después de Pearl Harbor, estábamos lanzando los nuevos portaaviones de la clase Essex, seguidos pronto por los acorazados de la clase North Carolina y South Dakota, y posteriormente por los cuatro acorazados de la clase Iowa.

Todo esto acontecía debido a que nuestra división fundamental sobre la guerra fue abolida por el ataque "sorpresa" japonés en diciembre. Por una de las escasas veces en nuestra historia, todos estábamos alineados en un mismo bando. Incluso aquellos conservadores antiguerra que habían obstaculizado la vida de Roosevelt en la década de 1930 se unieron para derrotar al Eje. El "gigante dormido" mostraba su esplendor en todo su esplendor, realmente había despertado.

Ventaja: Japón hasta que se construyeron los portaaviones de la clase Essex.

CAPÍTULO ONCE
UN PLAN QUE PODRÍA HABER FUNCIONADO

El punto central de este libro radica en la premisa de que, mediante una adecuada planificación y un profundo conocimiento de la psique estadounidense, así como mediante la escucha atenta de aquellos con experiencia, el alto mando japonés podría haber concebido y ejecutado un plan de guerra con altas probabilidades de éxito. Esta perspectiva puede parecer evidente en retrospectiva, pero en 1941 fue pasada por alto completamente por el alto mando japonés.

Imaginemos, entonces, que nos encontramos en la posición del alto mando japonés en 1941 y estamos contemplando una guerra con los Estados Unidos. El primer paso crucial sería definir con absoluta claridad y precisión nuestros objetivos.

META

En la década de los años 40, el objetivo primordial de Japón residía en la búsqueda de la dominación de Asia y el control de sus recursos y poblaciones. Como nación insular, Japón carecía casi por completo de recursos propios. Sin embargo, los estadounidenses malinterpretaron profundamente esta intención, llegando a creer que los japoneses aspiraban a conquistar los Estados Unidos y a "dictar los términos de rendición en las escaleras de la Casa Blanca", como erróneamente se atribuyó al Almirante Yamamoto. En realidad, Yamamoto expresó que Japón nunca podría derrotar a los Estados Unidos a menos que pudieran dictar condiciones similares. Sus comentarios genuinos llevaban consigo un significado completamente diferente, y una vez más, sus palabras demostraron ser certeras.

<u>OBSTÁCULO</u>

El mayor desafío para alcanzar este objetivo fue identificado por el Estado Mayor General como la Flota del Pacífico de los Estados Unidos. Sin embargo, como se ha mencionado previamente, la Flota del Pacífico estadounidense no habría representado una amenaza significativa para la moderna Marina japonesa en una confrontación directa en diciembre de 1941. De hecho, el verdadero obstáculo para los planes de Japón residía en la fuerza y la determinación de Estados Unidos. Antes del ataque a Pearl Harbor, esta determinación era inexistente y los líderes militares japoneses subestimaron la importancia de esta carencia.

Como se señaló anteriormente, aproximadamente la mitad de la población estadounidense no estaba a favor de entrar en guerra con Japón en diciembre de 1941. Japón desconocía esta situación y podría haber llevado a cabo casi cualquier acción en el Pacífico sin enfrentar represalias significativas.

Sin embargo, para desgracia de Japón, optaron por la única acción que uniría a los estadounidenses en su contra: atacar a Estados Unidos sin previo aviso. Entonces, ¿qué podría haber hecho Japón en 1941 para lograr su objetivo de dominar Asia? Examinemos una estrategia como si fuéramos japoneses que comprendieran verdaderamente a Estados Unidos y a su población.

UN PLAN QUE HUBIERA FUNCIONADO

Permitámonos a nosotros, *Japón*, reunir ahora una poderosa flota y dirigirnos hacia el sur, en dirección a lo que hoy conocemos como Indonesia y Malasia. En este movimiento estratégico, evitaremos las Filipinas y pasaremos desapercibidos ante la Flota del Pacífico de los Estados Unidos anclada en Pearl Harbor. En el epicentro de nuestra formación naval, desplegaremos transportes de tropas y otros recursos de apoyo esenciales. Alrededor de estos transportes, desplegaremos nuestros magníficos portaaviones, con sus cubiertas llenas de aviones listos para despegar en cualquier momento. Nuestros acorazados y cruceros se posicionarán estratégicamente alrededor de los portaaviones para garantizar su protección. Además, formando un anillo exterior, estarán los destructores, encargados de salvaguardar nuestra flota de posibles ataques submarinos por parte de la marina estadounidense.

Además, desplegaremos nuestra fuerza submarina en una disposición estratégica a lo largo de una línea que se extiende cada pocos cientos de millas entre nuestra flota y Pearl Harbor. Esta disposición nos permitirá detectar cualquier movimiento de los buques de la Flota de los Estados Unidos en nuestra dirección, brindándonos la capacidad de anticipar y responder eficazmente a cualquier amenaza potencial.

AUSTRALIA

Mientras nos dirigimos hacia el sur, podríamos continuar e invadir Australia. Aunque Australia es un país independiente, es parte de Inglaterra y no es parte de nuestro plan de dominación asiática. Japón tendrá acceso a todos los recursos que necesita sin invadir Australia. Sin embargo, derrotar a un país caucásico aquí en Asia tendría un gran efecto político y propagandístico. Vamos a jugar esto según lo que vaya surgiendo y ver si sería a nuestra ventaja última invadir Australia sin provocar a los EE. UU.

INDIA

La conquista de la India no es parte de este plan inicial. Sin embargo, si las cosas salen bien, nuestras fuerzas armadas terminarán en la frontera con Birmania frente al borde oriental de la India. Existe una gran insatisfacción entre el pueblo indio con sus gobernantes ingleses y muchos estarían encantados de unirse a nuestras fuerzas de invasión para expulsar a los ingleses. Deberíamos estar listos para avanzar hacia el oeste si las circunstancias apuntan hacia una victoria inmediata en la India.

LAS FILIPINAS

La situación en las Filipinas plantea una potencial preocupación en caso de que los Estados Unidos opten por utilizarlas como plataforma para atacar nuestra flota mediante bombardeos desde gran altitud. A pesar de la retórica propagandística estadounidense, es importante destacar que durante la guerra ningún buque fue hundido como resultado de tales bombardeos. En realidad, las Filipinas carecen de recursos estratégicos para Japón y su conquista simplemente requeriría el despliegue de tropas japonesas en la región, restando efectivos disponibles para operaciones donde su presencia sea más crucial. No obstante, es importante reconocer el potencial valor propagandístico que podría derivarse de su conquista.

PROPAGANDA

Mientras nuestra flota surca las aguas hacia el sur, queremos dejar claro al pueblo estadounidense que nuestras acciones no les afectan directamente. Estamos extrayendo recursos valiosos exclusivamente de naciones imperialistas europeas como Inglaterra, Holanda y Francia, en beneficio de las comunidades indígenas de Asia. Les recordamos que nuestra fuerza de ataque es la más formidable que se haya reunido jamás, y otros países, como Estados Unidos, deberían mantenerse al margen. Cualquier intento de detenernos solo serviría a los intereses de los tres países europeos imperialistas, a los que Estados Unidos ha optado por no apoyar en Europa. Entonces, ¿por qué debería importarles a ellos lo que nos suceda?

A medida que navegamos cerca de las Filipinas, mantenemos nuestros aviones de combate listos en los portaaviones en caso de una intervención imprudente por parte de los estadounidenses. Nuestros submarinos estarían en alerta para informarnos rápidamente si la antigua flota en Pearl Harbor intentara interceptarnos. En respuesta, moveríamos rápidamente nuestros buques de guerra hacia una formación defensiva a lo largo del borde noreste de nuestra flota, preparados para hundir cualquier barco que intente interferir con nuestro avance hacia el sur. Sin embargo, es poco probable que los barcos de Pearl Harbor puedan organizarse y desplegarse lo suficientemente rápido como para representar una amenaza, incluso si lo intentaran.

Los tres países europeos cuyos territorios en Asia estarían bajo control no tienen la capacidad de contraatacar. Tanto Holanda como Francia han sucumbido a la invasión de Hitler, mientras que Inglaterra lucha por su supervivencia contra Alemania. Esto dejaría al mundo ante un hecho consumado, otorgando a Japón los recursos necesarios para dominar Asia según lo planeado. Estados Unidos se vería ante la difícil decisión de enfrentarnos con una flota debilitada o mantenerse al margen. Sin embargo, si logramos ejecutar nuestros planes con éxito, es poco probable que el público estadounidense sienta la tentación de intervenir, dado que nuestra invasión en el sudeste asiático no afectaría directamente sus intereses. ¡Hemos alcanzado nuestro objetivo!

LA RESPUESTA DE ESTADOS UNIDOS A NUESTRO ATAQUE FICTICIO

La clave del éxito de este plan radicaría en la respuesta de Estados Unidos ante la invasión del sudeste asiático por parte de una formidable flota japonesa. Es importante recordar que, como parte integral de este plan, los japoneses evitarían atacar Pearl Harbor. Sumerjámonos en el estado de ánimo estadounidense de ese periodo y analicemos cuál podría haber sido su reacción.

Como se mencionó previamente, casi la mitad de la población estadounidense se oponía a la guerra a cualquier precio. Si nuestro plan para el ataque de Japón al sudeste asiático tuviera éxito, la facción aislacionista de la población tendría que mantener el control del proceso político estadounidense. Lamentablemente, aunque nunca podremos estar seguros, tenían una alta probabilidad de lograrlo.

Como hemos discutido, durante ese periodo, miles de estadounidenses participaron en manifestaciones organizadas por Charles Lindbergh en todo el país, quien abogaba por mantenernos al margen de la guerra. Recuerda que, como parte fundamental de este plan, los japoneses no atacarían Pearl Harbor. Esto jugaría a favor de aquellos que se oponían a la guerra a cualquier precio. Si nuestro plan para el ataque japonés al sudeste asiático resultara exitoso, la facción aislacionista de ambos partidos necesitaría mantener el control del gobierno estadounidense. Creo que esto sería muy factible.

Además, cada semana, el Padre Coughlin se dirigía a millones de estadounidenses en sus discursos, proclamando la idea de que las potencias del Eje no representaban una amenaza para Estados Unidos siempre y cuando no interfiriéramos con ellas. Muchos de sus seguidores tenían una influencia significativa en el Congreso, dotándolos así de un poder político considerable y una voz influyente.

Para comprender completamente la mentalidad y el impacto de aquellos que abogaban por evitar la guerra a toda costa en Estados Unidos, es fundamental analizar la organización conocida como "Comité America First". Esta entidad estuvo activa hasta el ataque a Pearl Harbor, momento en el que se disolvió, contando supuestamente con 800,000 miembros que pagaban sus cuotas justo antes del estallido del conflicto. Sus principales voceros eran Lindbergh y el Padre Coughlin, como se mencionó anteriormente. En su apogeo, se estima que el Padre Coughlin alcanzaba una audiencia de 30 millones de estadounidenses, lo que representaba más del 10% de la población.

Este grupo reflejaba la propaganda alemana y japonesa que sostenía la idea de que Estados Unidos debía mantenerse neutral en los conflictos bélicos desatados por las potencias del Eje en todo el mundo. Sus miembros eran notoriamente antisemitas y solían compartir la visión de Hitler de que los judíos conspiraban para dominar el mundo.

Su argumento se basaba en la premisa de que, dado que Estados Unidos no había sido atacado, intervenir en la guerra solo serviría para proteger los intereses de Holanda, Francia e Inglaterra. Según su perspectiva, este no era un asunto concerniente a Estados Unidos, por lo tanto, debíamos mantenernos al margen.

La postura de estas figuras influyentes habría jugado en favor del Eje y, posiblemente, habría mantenido a Estados Unidos fuera del conflicto hasta que el Eje considerara estratégico atacarnos.

La efectividad de nuestro plan ficticio se fundamentaría en la premisa de que Estados Unidos no habría respondido al ataque japonés en el sudeste asiático de la misma manera en que lo hizo con el ataque a Pearl Harbor. Aunque es una especulación, considerando el estado de ánimo en los Estados Unidos en 1941, es una reacción plausible. Bajo esta hipótesis, Japón habría logrado conquistar sin dificultad el sudeste asiático, potencialmente extendiéndose hacia Australia, China e incluso India. La reconquista de estas tierras por parte de Estados Unidos habría representado un desafío monumental, con un costo humano incalculable en ambos bandos. Sin embargo, lo más significativo es que habría requerido una determinación que probablemente no habría surgido si Japón no hubiera perpetrado el ataque a Pearl Harbor. Como resultado, Alemania y Japón habrían dominado gran parte, si no la mayor parte, del mundo, dejando a Estados Unidos aislado e impotente para intervenir. Si este escenario hubiera llegado a materializarse, el curso de la historia mundial habría sido completamente distinto, y hoy en día viviríamos en un mundo radicalmente alterado.

CAPÍTULO TRECE
COMPLETA INCERTIDUMBRE

Es tentador sentarse en nuestros cómodos sillones y especular sobre el "qué pasaría sí". Sin embargo, esta historia va más allá de simples conjeturas. Debemos expresar nuestro agradecimiento, como es debido, a la generación que nos salvó, desafiando al Comité America First y sus seguidores. Mi padre, oficial naval durante la guerra, me advirtió sobre los aislacionistas en la década de 1930.

En primer lugar, debemos agradecer a Dios por el presidente Roosevelt. Él seleccionó líderes militares competentes y elaboró planes lógicos y viables para derrotar al enemigo. La única decisión que cuestiono, en mi opinión, fue la promoción del General Eisenhower por encima de todos los demás Generales, excepto Marshall, MacArthur y Arnold. A pesar de algunos errores graves en la Batalla del Bulge, el General Eisenhower desempeñó mayormente un buen trabajo en Europa. Algunos pueden considerarlo un presidente discutible, pero eso merece otro libro. No obstante, tanto el General MacArthur como el General Eisenhower cometieron errores que se abordarán más adelante.

No obstante, nuestra suerte también se basó en los enormes errores cometidos por Japón y Hitler antes y durante la guerra. Si pensamos que nuestra victoria se debió únicamente a nuestra brillantez, debemos examinar algunos de los errores estúpidos cometidos por nuestros enemigos.

ALEMANIA

Hitler incurrió en una serie de errores durante la guerra que resultaron en la pérdida de decenas de miles de tropas y civiles alemanes. Entre los más destacados se encuentran la Batalla de Stalingrado, la declaración de guerra contra la Unión Soviética, el bombardeo de Londres en lugar de las bases aéreas británicas, la falta de fortalecimiento de la fuerza submarina antes del inicio de la guerra, y la tardía construcción de bombarderos de largo alcance, cuando el conflicto casi había concluido. Además de estos errores evidentes, existieron otros menos notables, pero merece especial atención el más debatible.

DECLARANDO LA GUERRA A LOS ESTADOS UNIDOS

Es ampliamente conocido, como se ha mencionado anteriormente, que Japón no alertó a Hitler sobre su intención de bombardear Pearl Harbor. Su sorpresa fue tan grande como la de Roosevelt. El impacto del ataque sorpresa de Japón tuvo un efecto diferente en Hitler. Inicialmente, no pudo decidir si debía lanzar un ataque propio o ignorar la situación. La lógica de la inacción era abrumadora. Reconocía que una parte considerable de los estadounidenses se oponía a entrar en guerra contra Alemania incluso después de Pearl Harbor, como discutimos en el Capítulo 1. Los cuatro días posteriores al ataque a Pearl Harbor son un misterio en cuanto a los pensamientos de Hitler, y solo podemos especular.

Sin duda, aún resentía la contribución de Estados Unidos a la derrota de Alemania en la Primera Guerra Mundial. Nuestro papel en la victoria aliada en 1918 fue significativo y nos odiaba por ello. También observó el daño que Japón infligió a nuestra Flota del Pacífico y llegó a la conclusión de que seríamos fáciles de vencer, por lo que buscaba participar en la acción. Además, existía el acuerdo de defensa mutua entre las potencias del Eje, que estipulaba que si una de ellas era atacada, las demás se unirían y lucharían en su defensa. Sin embargo, esto no explica su declaración de guerra a los Estados Unidos cuatro días después de Pearl Harbor, ya que Japón no fue atacado, sino que fue el agresor.

El factor más importante que probablemente estaba considerando era el punto mencionado en el Capítulo uno: la reticencia de la mayoría de los estadounidenses a apoyar una guerra contra Alemania. Probablemente asumió que nos rendiríamos una vez que declarara la guerra. Este episodio es otro ejemplo de no entender a tu enemigo y pagar el precio por ello.

No se sabe con certeza qué lo llevó a actuar así, pero cuatro días después del ataque japonés a Pearl Harbor, Alemania declaró la guerra a los Estados Unidos. En ese momento, nuestro sentimiento antibélico se disipó y todos los estadounidenses se unieron para derrotar a las naciones del Eje. Hitler no aprendió nada de la Primera Guerra Mundial y Alemania pagó un precio enorme por su grave error.

JAPÓN

COSTA OESTE: Se ha discutido el ataque a Pearl Harbor y el fracaso del Almirante Nagumo en ordenar un segundo ataque. El fracaso del Almirante Yamamoto al no hacer que su fuerza de ataque de seis portaaviones continuara hacia la costa oeste de los Estados Unidos le costó la guerra a Japón. Todas las bases militares e industriales y las plantas de guerra que teníamos en California, Oregón y Washington podrían haber sido destruidas en un ataque que nunca llegó.

EL CANAL DE PANAMÁ: La razón por la cual Japón no llevó a cabo un ataque coordinado en el Canal de Panamá en diciembre de 1941 nunca ha sido completamente explicada.

Hubiera sido una empresa relativamente sencilla, dado que el canal estaba insuficientemente vigilado, y su destrucción habría mantenido a los buques de la Flota del Atlántico alejados del Pacífico durante meses, e incluso posiblemente años.

GUADALCANAL: Los japoneses reconocieron tempranamente durante la guerra la importancia estratégica de Guadalcanal en las Islas Salomón. Iniciaron la construcción de un aeródromo que facilitaría a sus bombarderos de alcance medio atacar nuestras rutas de envío y destruir los convoyes dirigidos a Australia.

Sin embargo, los japoneses no previeron que las fuerzas estadounidenses también reconocerían la vital importancia de la isla y no la fortificarían adecuadamente para protegerla de una posible invasión. En agosto de 1942, los Marines de EE. UU. la invadieron, y para enero de 1943, había caído por completo en nuestras manos. Su fracaso en proporcionar una defensa suficiente para la isla hasta mucho después de que nuestros marines hubieran desembarcado permitió a los EE. UU. iniciar su campaña de avance hacia Japón mediante saltos de islas.

PRIMERA BATALLA DE LA ISLA SAVO: Durante la primera semana de agosto de 1942, la flota de invasión estadounidense desembarcó una fuerza de Marines en las playas de Guadalcanal. En la tercera noche de la operación, mientras los barcos aún descargaban tropas y suministros, una fuerza de cruceros japoneses bajo el mando del Almirante japonés Mikawa navegó por el Estrecho, conocido como el Slot, con la intención de hundir los barcos de invasión estadounidenses.

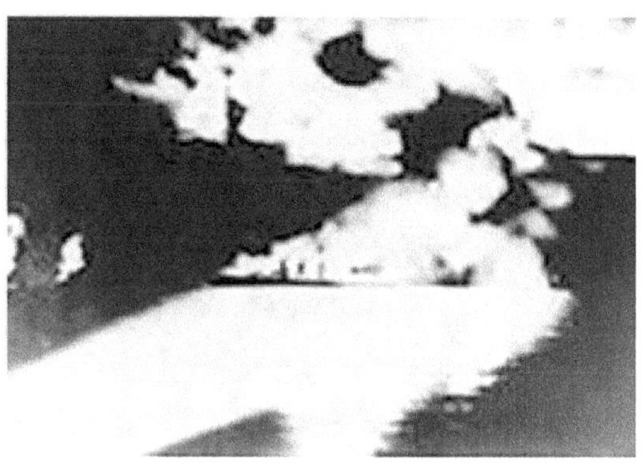

HUNDIMIENTO DEL CRUCERO ESTADOUNIDENSE USS QUINCY EN LA ISLA SAVO

Enfrentándose a su paso estaban cinco cruceros pesados aliados que bloqueaban el camino hacia los barcos de suministro sin escolta, bajo el mando del Almirante británico Crutchley. Sin embargo, la situación tomó un giro desafortunado cuando el Almirante Crutchley, a bordo del crucero australiano Canberra, decidió desembarcar para conferenciar con el General de los Marines. Al partir de su flota, omitió comunicar a los capitanes de los barcos o designar a un líder en su ausencia.

Esa fatídica noche, la fuerza de ataque japonesa emergió entre los barcos aliados, desatando su furia sobre todos los presentes. Los navíos aliados, a la espera de órdenes del Almirante aliado, se vieron abandonados a su suerte ante el silencio que reinaba. Como resultado, cuatro cruceros, el Canberra, el Astoria, el Vincennes y el Quincy, fueron llevados a pique, mientras que únicamente el Chicago logró sobrevivir.

VICEALMIRANTE MIKAWA

La fuerza liderada por el Almirante Mikawa de la Armada Imperial Japonesa se encontraba entonces sin oposición en su misión principal de aniquilar los transportes de invasión y los buques auxiliares que desembarcaban en la playa. Tenía la oportunidad de diezmar varias docenas de barcos ligeramente armados y sus valientes tripulaciones. Sin embargo, en lugar de aprovechar esta ventaja única, Mikawa optó por girar hacia el norte y regresar a su base, dejando indemnes a los barcos auxiliares estadounidenses. Esta decisión enfureció al Almirante Yamamoto, quien de inmediato destituyó a Mikawa de su cargo.

Resulta difícil calcular el costo de la renuencia de Mikawa a aprovechar su ventaja después de hundir cuatro cruceros aliados de escolta. Nuestros barcos auxiliares, encargados de desembarcar tropas y carga en las playas de Guadalcanal, constituían prácticamente todo nuestro recurso de este tipo de barcos en el Pacífico en aquel momento. La pérdida de estos habría condenado a los marines en la playa y habría puesto fin a la posibilidad de cualquier invasión adicional de las islas japonesas durante muchos meses, manteniendo Guadalcanal en manos japonesas. La Batalla de la Isla Savo debe ser considerada como uno de los mayores errores de Japón durante la guerra.

LA BATALLA DEL ESTRECHO DE KOMANDORSKI: En marzo de 1943, se libró una importante batalla en el estrecho de agua que separa el extremo occidental de las islas Aleutianas y el borde oriental de Rusia. Una pequeña fuerza naval estadounidense, compuesta por dos cruceros, el Salt Lake City y el Richmond, junto con cuatro destructores bajo el mando del Almirante McMorris, patrullaba la zona con el objetivo de mantener a las fuerzas japonesas alejadas de las Aleutianas.

De manera inesperada, se toparon con una fuerza japonesa considerablemente mayor, compuesta por cuatro cruceros, cinco destructores y dos transportes de tropas bajo el mando del Almirante Hosogaya. Los japoneses tenían la intención de invadir una de las islas en las Aleutianas con las tropas transportadas en los dos navíos. La fuerza japonesa se organizó en formación de batalla y avanzó hacia la fuerza estadounidense más reducida. Ambos bandos iniciaron el combate, que se desarrolló con ferocidad, ya que ambos lograron infligir daños significativos. Lamentablemente, los barcos estadounidenses sufrieron más, ya que la superioridad de la fuerza japonesa se hacía evidente.

Pronto, el Salt Lake City recibió impactos en su sala de máquinas y finalmente quedó inmovilizado en el agua mientras los barcos japoneses continuaban atacándolo. El Almirante McMorris, a bordo del USS Richmond, luchaba tenazmente para intentar salvar al Salt Lake City, pero sus esfuerzos resultaban en vano.

De repente, y por razones nunca completamente explicadas por el Almirante Hosogaya, giró su escuadrón lejos de los barcos estadounidenses y se dirigió a casa mientras no hundía ninguno de los barcos estadounidenses que su fuerza había dañado gravemente.

Los japoneses abandonaron la lucha en el momento de la victoria y la batalla fue ganada por una flota estadounidense más pequeña y gravemente dañada que ahora controlaba el extremo occidental de las Aleutianas. Este error táctico de otro Almirante japonés puede haberle costado a Japón el control de las islas Aleutianas durante el resto de la guerra.

USS RICHMOND, BUQUE INSIGNIA DE LA FLOTA DE ALASKA EL BARCO DE MI PADRE EN 1923-25

BATALLA DEL GOLFO DE LEYTE: La batalla del Golfo de Leyte se compuso de cuatro enfrentamientos marítimos distintos entre las principales flotas japonesas y estadounidenses durante el verano de 1944. Uno de los errores más significativos cometidos por los japoneses tuvo lugar en la batalla conocida como "La Batalla frente a la Isla de Samar", la cual incluyó un importante fallo por parte del Almirante estadounidense "Bull" Halsey, cuyo análisis detallado se abordará más adelante.

USS SALT LAKE CITY.

La flota de invasión estadounidense, comandada por el Almirante Sprague, llevaba a cabo el desembarco de tropas y suministros en las playas de Leyte, respaldada por una modesta escolta compuesta por tres portaaviones y sus destructores de apoyo. Mientras tanto, el Almirante Halsey y su Tercera Flota tenían la responsabilidad de resguardar a las fuerzas de invasión ante la posible llegada de un gran contingente naval japonés.

Sin embargo, el Almirante Halsey optó por perseguir una falsa fuerza naval japonesa hacia el norte, dejando desprotegida a la flota de invasión. Repentinamente, una poderosa fuerza de ataque japonesa, bajo el mando del Almirante Kurita, compuesta por cuatro acorazados, incluyendo al coloso Yamato, ocho cruceros y once destructores, emergió desde el norte y se internó entre las reducidas fuerzas de invasión del Almirante Sprague. El escenario estaba preparado para una potencial masacre de miles de soldados y marineros estadounidenses.

La modesta fuerza del Almirante Sprague se defendió con valor, logrando hundir o dejar fuera de combate a tres cruceros japoneses. A pesar de ello, la fuerza estadounidense sufrió la pérdida de dos portaaviones de escolta, dos destructores y un escolta de destructores en el enfrentamiento. Aunque los aviones de los portaaviones no estaban equipados para enfrentar acorazados, hicieron uso de todos sus recursos para atacarlos.

Los imponentes acorazados japoneses estaban a punto de avanzar hacia el sur, en medio de los buques de tropas y auxiliares, para eliminarlos, cuando el Almirante Kurita decidió dar marcha atrás y regresar. A pesar de haber causado la muerte de más de mil marineros estadounidenses y el hundimiento de cinco de nuestras naves, Kurita podría haber diezmado por completo la flota de invasión en Leyte si hubiera optado por continuar la ofensiva.

El error cometido no puede atribuirse únicamente a la falta de perspicacia. La ausencia de cobertura aérea y de inteligencia adecuada para evaluar el tamaño de la fuerza estadounidense que enfrentaba contribuyó significativamente. La estratagema japonesa de engaño en el norte, al no informarle sobre el movimiento de la Tercera Flota de Halsey, lo llevó a creer erróneamente que se enfrentaba a los acorazados y portaaviones de dicha flota. Esta confusión lo llevó a sobreestimar la amenaza representada por la pequeña fuerza del Almirante Sprague y a retirarse para proteger sus acorazados restantes.

Sin embargo, la historia juzgará severamente al Almirante Kurita por su decisión de dar la vuelta y retirarse frente a una fuerza inferior. Con un poco más de iniciativa, podría haber aniquilado la invasión estadounidense de Filipinas en una batalla decisiva. Este episodio se considera uno de los mayores errores de la guerra en el Pacífico.

Estos cuatro errores cometidos por las fuerzas navales japonesas, cuando se analizan en conjunto, fueron determinantes en la derrota de Japón y en la preservación de miles de vidas estadounidenses. Resulta intrigante observar que todos estos errores fueron ocasionados por Almirantes que, a pesar de contar con ventajas significativas, no lograron llevar a sus flotas a una confrontación victoriosa. Por tanto, los estadounidenses debemos estar agradecidos con estos cuatro Almirantes japoneses.

ESTADOS UNIDOS

Estados Unidos tuvo su parte de errores estúpidos durante la guerra, pero la mayoría se mantuvieron en secreto para la población por razones de propaganda y moral. El primero estuvo presente en 1941 y casi nos cuesta la batalla del Pacífico.

TORPEDOS DE SUBMARINOS: El torpedo de submarino Mark 14 fue, sin lugar a dudas, uno de los diseños de armamento más problemáticos de ambos bandos durante la Segunda Guerra Mundial. Presentaba una serie de fallos significativos: su profundidad de viaje era consistentemente de diez a doce pies más baja de lo previsto, su capacidad de detonación al impacto con los buques enemigos no era confiable, el mecanismo de disparo magnético no siempre funcionaba adecuadamente, a menudo detonaba prematuramente a mitad de camino hacia el objetivo, experimentaba cambios inesperados de rumbo, ocasionalmente giraba 180 grados, y en algunos casos incluso se volvía contra el submarino que lo había lanzado, hundiéndolo.

Durante los primeros veintiún meses de la guerra, se registraron numerosos incidentes de uno o más de estos eventos. En ese momento, nuestros submarinos representaban la flota de guerra más efectiva en operaciones. Sin embargo, a pesar de estos éxitos, surgieron problemas preocupantes. Las fallas recurrentes fueron debidamente comunicadas al comandante de submarinos en Pearl Harbor, quien inicialmente mostró escepticismo. Los capitanes de los submarinos fueron cuestionados, acusados de mala puntería y de buscar excusas para sus errores.

Con el tiempo, las fallas se volvieron tan frecuentes que el Almirante Lockwood, comandante de los submarinos del Pacífico, tuvo que reconocer que algo no estaba bien con los torpedos. Informó de estas deficiencias tanto a la Oficina de Armamento (BuOrd) en Washington como a la estación de torpedos en Rhode Island, responsable de la fabricación de todos los torpedos de la Armada. Sin embargo, el Almirante William Blandy, a cargo de BuOrd, rechazó las acusaciones de incompetencia por parte de Lockwood y sus submarinistas, negándose a abordar el problema de los torpedos defectuosos.

Esta falta de acción o incluso de reconocimiento del problema resultó en la pérdida de cientos de marineros y submarinos. La situación no se resolvió hasta que el Almirante King, jefe de la Armada, presionó a Blandy para que enfrentara el problema en 1943. Es inaceptable que el Almirante Blandy, en lugar de enfrentar consecuencias por su incompetencia y arrogancia, fuera promovido repetidamente dentro de la Marina, ascendiendo a posiciones destacadas, incluso después de su retiro en 1950.

Como ex oficial de la Marina, puedo atestiguar personalmente que nuestra institución a veces toma decisiones lamentables. Este episodio estuvo a punto de costarnos la guerra. Es notable destacar que el público estadounidense no fue informado sobre este fiasco hasta después del fin de la guerra.

BATALLA DE LAS FILIPINAS: En la madrugada del 8 de diciembre de 1941, hora de las Filipinas (7 de diciembre en Hawái), el General MacArthur recibió la noticia del ataque japonés a Pearl Harbor. Se le advirtió sobre la inminente amenaza de un ataque japonés hacia las Filipinas. El General Brereton, a cargo de la fuerza aérea, instó a MacArthur, a través de su jefe de estado mayor, a permitir el despegue de sus aviones para evitar ser sorprendidos en tierra.

Lamentablemente, MacArthur rechazó la solicitud y toda la fuerza aérea estadounidense en las Filipinas fue aniquilada en un solo ataque aéreo japonés mientras permanecía en tierra. MacArthur nunca explicó la razón detrás de este monumental error, el cual contribuyó significativamente a nuestra eventual derrota en las Filipinas. A pesar de su popularidad, MacArthur nunca fue llamado a rendir cuentas por esta decisión lamentable, y el público estadounidense no se enteró hasta después de la guerra.

Existe una narrativa alternativa que sugiere que MacArthur despachó todos sus aviones al enterarse del ataque a Pearl Harbor; sin embargo, la fuerza de ataque japonesa experimentó un retraso debido a las inclemencias del tiempo. Como consecuencia, todas las aeronaves estadounidenses se quedaron sin combustible simultáneamente y tuvieron que regresar a la base para reabastecerse. Posteriormente, fueron atacadas y destruidas en tierra por los japoneses. Independientemente de la veracidad de esta versión, perdimos todos nuestros aviones, los cuales MacArthur podría haber salvado con una planificación más eficaz.

LA BATALLA DE MIDWAY: Esta batalla se trata en el Capítulo 16 y se considera la victoria estadounidense más importante en 1942. La flota del Almirante Spruance hundió cuatro importantes portaaviones japoneses en dos días de combate aéreo en junio. Entonces, ¿por qué la menciono como un error importante de los estadounidenses?

Llamo la atención de los lectores sobre la Batalla de Gettysburg en la Guerra Civil en julio de 1863. Después de la gran victoria del Ejército de la Unión, el General Meade se negó a enviar sus tropas en persecución del General confederado Lee mientras su ejército se retiraba hacia Virginia. El presidente Lincoln estaba furioso con el General Meade por no destruir al ejército herido del General Lee en su retirada hacia el sur. De hecho, el presidente destituyó a Meade y trajo al General Grant.

¿Cómo se vincula esto con la Batalla de Midway en junio de 1942? Durante el segundo día de la batalla, todos los portaaviones japoneses habían sido hundidos y su vasta flota carecía de cobertura aérea. A pesar de que Spruance aún disponía de dos portaaviones en funcionamiento y listos para el combate, optó por ordenar el retorno de la flota a Pearl Harbor, permitiendo que la flota japonesa regresara a casa sin sufrir más pérdidas. Solo podemos especular acerca del daño que los aviones bajo el mando de Spruance podrían haber infligido a los buques de guerra japoneses restantes si hubiera decidido perseguirlos. Tenía la oportunidad de lanzar una semana completa de ataques aéreos no resistidos contra los buques superficiales desprotegidos, sin embargo, optó por regresar a casa.

Los defensores del Almirante Spruance afirman que su flota no estaba en condiciones de perseguir a los japoneses hasta Japón, pero no estoy de acuerdo. La victoria va para los audaces.

Nunca he escuchado ninguna crítica oficial al Almirante Spruance por su decisión de abandonar la acción y regresar a casa con barcos enemigos aún al alcance, pero creo que fue un error estadounidense significativo.

LA BATALLA DEL GOLFO DE LEYTE: Esta batalla fue discutida previamente en la sección sobre los errores cometidos por los japoneses. Además, el Almirante Halsey también incurrió en un grave error que resultó en la pérdida de miles de marineros de nuestra armada. La Tercera Flota bajo su mando tenía la tarea de proteger la fuerza de desembarco, compuesta por portaaviones de escolta, destructores y numerosos auxiliares. Sin embargo, al detectar una gran fuerza de portaaviones japoneses al norte, desvió sus barcos del golfo y los dirigió hacia el norte para enfrentar a la fuerza enemiga señuelo. Aunque logró hundir la fuerza señuelo, su ausencia permitió que una potente fuerza de tarea japonesa, que él creía haber destruido, avanzara sin oposición hacia el área alrededor de Leyte y hundiera varios portaaviones y destructores estadounidenses sin enfrentar resistencia por parte de Halsey.

El Almirante Halsey ha sido severamente criticado por sus acciones en esta batalla, y aunque él tenía razones que consideraba plausibles para sus acciones, la historia no ha respaldado sus decisiones en el campo de batalla, y estoy de acuerdo. En su flota, contaba con acorazados que no eran útiles en su avance hacia el norte y que podría haber dejado atrás para proteger las playas y las embarcaciones de desembarco. Sin embargo, los llevó consigo, dejando a las naves de desembarco a merced del Yamato y sus aliados. Halsey merece todas las críticas que ha recibido a lo largo de los años.

ADMIRANTE "BULL" HASLEY

LA GUERRA SUBMARINA ALEMANA EN EL ATLÁNTICO: Cuando estalló la guerra con Alemania cuatro días después del ataque japonés a Pearl Harbor, su flota submarina estuvo inmediatamente activa a lo largo de nuestra costa este. Los barcos navegando arriba y abajo de la costa atlántica se recortaban por la noche contra las luces de los casinos a lo largo de la costa de Nueva Jersey. El gobierno pidió a los casinos que apagaran sus luces exteriores durante la duración, pero los propietarios de los casinos se negaron, argumentando que hacerlo afectaría a sus ganancias. En consecuencia, cientos de marineros estadounidenses murieron a medida que más y más barcos eran torpedeados a lo largo de la costa.

Después de meses de esta inútil carnicería, el gobierno finalmente obligó a los casinos a apagar sus luces y el hundimiento de barcos a lo largo de la costa disminuyó.

Otro error de la armada ocurrió durante los primeros meses de la guerra en el Atlántico. La armada inicialmente carecía de embarcaciones de patrulla antisubmarinas. En consecuencia, el Club de Yates de Nueva York ofreció usar sus barcos para patrullar la costa este y alertar a la Armada cuando avistaran submarinos. Desafortunadamente, la Armada dijo que patrullar la costa era su trabajo y declinó la generosa oferta. Pero dado que tenían un número inadecuado de embarcaciones de patrulla para hacer el trabajo, muchos barcos fueron hundidos innecesariamente debido a su estupidez.

EL ATAQUE A PEARL HARBOR: Los errores previos al ataque japonés, tanto por parte del Ejército como de la Armada, han sido detallados en capítulos anteriores, por lo que no serán reiterados aquí. No obstante, existe una precaución que podrían haber tomado, tan evidente que desafía la lógica.

Las embarcaciones de patrulla de la Armada partían cada mañana puntualmente a las 8:00 a. m., sin excepción. Saboteadores japoneses informaron a Tokio sobre este hábito, y la fuerza atacante llegó naturalmente a su objetivo justo antes de las 8:00 a. m., sin ser detectada. Si la Armada hubiera variado sus patrullas iniciando, por ejemplo, a las 6:00 a. m., la flota japonesa podría haber sido avistada.

Los comandantes del ejército y la armada compartieron igualmente la responsabilidad de no estar preparados para un ataque, como se describió anteriormente. El General Short y el Almirante Kimmel fueron adecuadamente relevados de sus funciones y degradados, aunque ninguno fue sometido a corte marcial.

Desde 1941, se ha escrito mucho intentando atribuir la falta de preparación a nuestro presidente y alejarla de los dos comandantes. Se trata de una especulación infundada, principalmente promovida por personas que sentían aversión hacia el presidente Roosevelt.

El barco de mi padre se encontraba atracado en Pearl Harbor en 1924-25, y me relató que tras el ataque a la base, aviones de combate de la marina surcaban los cielos sobre la flota día tras día. Como exoficial naval, reitero que el oficial al mando de cualquier unidad militar es en última instancia responsable de la seguridad de su barco o unidad. No hay lugar para excusas.

EL HUNDIMIENTO DEL HMS REPULSE Y EL PRÍNCIPE DE GALES: Justo antes del ataque a Pearl Harbor, los británicos enviaron dos de sus mayores buques de guerra a Singapur. El Repulse y el Príncipe de Gales estaban destinados a apoyar a la Flota Asiática de la Marina de los Estados Unidos y repeler el ataque planeado por Japón a Malasia. Los buques estaban atracados en Singapur cuando Japón atacó y dos días después del ataque a Pearl Harbor, sabiamente se hicieron a la mar para enfrentarse a cualquier flota japonesa que se dirigiera hacia ellos. Antes de partir de Singapur, la RAF ofreció mantener Spitfires en el aire para proteger los dos buques de un ataque aéreo enemigo. Desafortunadamente, el Almirante Phillips, el comandante de la fuerza de tarea, declinó la oferta, afirmando que la cobertura aérea no sería necesaria.

Dos días después, la fuerza aérea japonesa localizó la fuerza de tarea británica y hundió fácilmente los dos buques. Los Aliados ya no pudieron brindar defensa alguna a las Indias Orientales, Malasia o Singapur. La estupidez extrema del Almirante británico Phillips no solo le costó a los Aliados el uso de dos importantes buques capitales en el Pacífico, sino que también sin duda aceleró la caída del sudeste asiático. Afortunadamente, el Almirante se hundió con su barco.

LA BATALLA DE ANZIO EN ITALIA: A principios de 1944, el General Mark Clark nombró al General John Lucas para que estuviera a cargo de un desembarco anfibio en un área al norte de las líneas de batalla existentes llamada Playa de Anzio. Fue un plan brillante que dependía de la sorpresa y la rapidez de movimiento.

Las fuerzas estadounidenses y británicas desembarcaron sin oposición, tomando por completo por sorpresa a los alemanes. El General Lucas llevó a sus hombres tierra adentro y luego los detuvo. Estaban rodeados por montañas por todos lados y limitados por pantanos al frente y en la retaguardia.

EL HMS PRÍNCIPE DE GALES DE LA ROYAL NAVY HUNDIDO CERCA DE SINGAPUR

Los alemanes respondieron rápidamente y se formaron en las montañas alrededor del ejército aliado detenido. El General Lucas mantuvo a su ejército quieto cuando debería haberse movido rápidamente tierra adentro, dando a los alemanes tiempo para montar un serio contraataque.

Durante varios meses, los alemanes bombardearon a las indefensas fuerzas aliadas desde las cimas de las montañas circundantes mientras inundaban los pantanos alrededor de los aliados atrapados.

En mayo, el General Clarke tomó la decisión de relevar al General Lucas de su mando, siendo reemplazado por el General Truscott. Bajo el liderazgo del General Truscott, los aliados, debilitados por la batalla, fueron finalmente rescatados y alejados de las fuerzas alemanas. Anzio se destaca como un error monumental del General Lucas, con un alto costo en vidas aliadas que podrían haberse evitado..

LA BATALLA DE LAS ARDENAS: En noviembre y diciembre de 1944, la Wehrmacht alemana ejecutó con maestría un audaz ataque a través del Bosque de las Ardenas en Bélgica. Esta ofensiva masiva tomó por sorpresa al desprevenido Séptimo Ejército Estadounidense, forzándolo a retroceder hacia Bélgica antes de que pudiera reorganizarse. Solo con el contragolpe del Tercer Ejército de Patton pudimos revertir la situación, aunque lamentablemente con la pérdida de decenas de miles de valientes soldados estadounidenses. El General Eisenhower, al mando en ese momento, declaró que desconocía completamente la acumulación alemana, admitiendo que había dispersado sus fuerzas de manera tan extensa que no pudieron hacer frente a la embestida de la Wehrmacht, lo que resultó en enormes bajas para nuestras tropas. Afirmó que los informes de prisioneros alemanes capturados previamente indicaban que el Ejército alemán estaba debilitado y había sido derrotado en su retirada a través de Francia, una falsedad que aceptó sin cuestionar.

Durante algún tiempo, ha sido de conocimiento público que la inteligencia británica (MI6) había logrado descifrar el código secreto alemán y, en consecuencia, había estado monitoreando las comunicaciones alemanas durante gran parte del conflicto. Después de la guerra, los británicos revelaron que habían advertido al General Eisenhower sobre un incremento en el tráfico de radio entre las unidades del Ejército alemán estacionadas en y alrededor de las Ardenas en noviembre de 1944. Aunque no se captaron menciones directas de un ataque inminente, el aumento en las comunicaciones por radio Generalmente indicaba la planificación de una acción militar. Sin embargo, Eisenhower optó por ignorar estas advertencias, confiando en la información obtenida de los prisioneros alemanes que sugería la improbabilidad de un ataque inmediato. Resulta interesante señalar que cuando Eisenhower asumió la presidencia, solicitó a los británicos que no divulgaran la capacidad de haber descifrado el código alemán hasta después de su fallecimiento, una petición que ellos cumplieron. ¿Cuál fue la razón detrás de la reticencia de Eisenhower para que se revelara este hecho hasta mucho después del fin de la guerra?

GENERAL DWIGHT D. EISENHOWER

Ya sea que los británicos estuvieran al tanto o no, no existía excusa para que Eisenhower no despachara patrullas en misiones de reconocimiento para determinar con precisión la disposición de las tropas alemanas. Tanto en el ejército como en la marina, nada se compara con el conocimiento de las acciones del enemigo y el tamaño de sus fuerzas.

Aunque en este momento de la historia no se puede establecer con certeza, es importante recordar que se cometió un error en el más alto mando militar europeo durante el invierno de 1944, y el oficial al mando es responsable (véase Pearl Harbor en capítulos anteriores). A Eisenhower nunca se le requirió que explicara por qué valoró la información de los prisioneros de guerra alemanes por encima de la inteligencia proporcionada por el MI6, lo que costó miles de vidas estadounidenses.

Con esto concluye el segmento sobre los errores significativos que tuvieron o podrían haber tenido un efecto grave en el resultado de la guerra. También hubo errores de menor importancia, demasiado numerosos para mencionar aquí y que han sido tratados en otros libros. Basta decir que los Aliados tuvieron una suerte increíble, en primer lugar, porque los errores que cometimos no resultaron fatales, mientras que los errores cometidos por las potencias del Eje sí lo fueron.

En tiempos de guerra, se cometen muchos errores, y la mayoría se atribuye a la falta de inteligencia. Los enumerados en este capítulo son aquellos errores importantes para los cuales existía información adecuada o un juicio razonable para prevenirlos.

Tuvimos suerte. Perdimos decenas de miles de hombres que no hubieran debido ser sacrificados y podríamos haber perdido la guerra si la Wehrmacht hubiera acumulado suficiente gasolina antes de su ataque a través de las Ardenas.

CAPTULO CATORCE
POR QUÉ GANAMOS Y ELLOS PERDIERON

Un profesor cuyo nombre he olvidado, que fue mi maestro en mi programa de maestría en la Universidad Estatal de San José, estaba obsesionado con las estadísticas y la guerra. Sentía que algo se podía aprender trazando variables matemáticas relacionadas con las actividades de guerra. Su gráfico favorito era una representación en papel semilogarítmico de las bajas de una guerra en función del tiempo transcurrido en ella. En su gráfico, el eje X era lineal y el eje Y era el logaritmo del número de muertes.

Había retrocedido en la historia en cada guerra para la cual había datos y había trazado los años de duración de la guerra en el eje X y el logaritmo de las bajas totales en el eje Y. Nos mostró que la forma de las curvas resultantes era la misma para cada guerra, aunque los números eran diferentes. De particular interés fue su conclusión de que casi todas las guerras terminaron en el mismo punto en la curva. Podía predecir cuándo terminaba cada guerra con gran precisión.

Había trazado la Segunda Guerra Mundial como dos guerras separadas, una contra Alemania y otra contra Japón. La guerra contra Alemania terminó justo a tiempo, estadísticamente.

Sin embargo, nos mostró que la guerra contra Japón había terminado mucho antes de lo que debería haber terminado según sus números. Nos mostró que la guerra contra Japón debería haberse extendido hasta 1946, tal vez 1947, pero terminó en agosto de 1945. ¿Qué causó eso? Todos sabemos lo que sucedió en Hiroshima y Nagasaki.

El trabajo de este profesor demostró estadísticamente más allá de cualquier duda que las bombas detuvieron la guerra prematuramente, salvando cientos de miles de bajas en ambos lados. Es extraño que esta conclusión sea controvertida hoy en día porque era tan obvia para aquellos de nosotros que estábamos vivos en ese verano. Veamos los hechos tal como los conocemos hoy.

Se ha argumentado, por parte de personas que no vivieron en esa época, que los japoneses estaban derrotados y preparados para rendirse en 1945, y que el lanzamiento de las bombas no era necesario. Analicemos este argumento en detalle.

En primer lugar, es importante destacar que los japoneses nunca habían experimentado una derrota militar previa ni se consideraban vencidos antes de los eventos de 1945. Si bien es cierto que algunos "coroneles" japoneses manifestaron disposición para la rendición bajo ciertas condiciones, su autoridad fue desautorizada por el gobierno japonés, que afirmó que no hablaban en nombre del emperador. Además, es esencial recordar que la posición oficial de los Estados Unidos era la búsqueda de una "rendición incondicional", por lo que incluso si la oferta de los coroneles hubiera sido oficial, no habría sido aceptada por los Estados Unidos.

Otro argumento, principalmente sostenido por nuestra Armada, afirmaba que los submarinos estadounidenses habían bloqueado completamente el suministro a Japón, lo que llevaba a la creencia de que estaban al borde de la rendición debido al hambre. Sin embargo, este argumento omite un aspecto crucial.

Entre 30,000 y 90,000 prisioneros de guerra aliados estaban detenidos en campos de prisioneros en Japón, dependiendo del suministro de alimentos del país para su supervivencia. Cuando finalizó la guerra y liberamos a estos prisioneros, nuestros médicos determinaron que habrían sobrevivido apenas treinta días más si el conflicto hubiera continuado. Por lo tanto, aquellos que sostienen este argumento estaban dispuestos a sacrificar la vida de decenas de miles de prisioneros de guerra estadounidenses para salvar a unos pocos miles de civiles japoneses. Es seguro afirmar que en 1945, nadie en los Estados Unidos habría respaldado esta posición.

Debe recordarse que incluso después de que se lanzaran las dos bombas, la Dieta japonesa (gabinete gobernante) votó en contra de rendirse. No fue hasta que el emperador les pidió que reconsideraran su voto que votaron para rendirse. Incluso después de que finalmente votaron para rendirse a pedido del emperador, el ejército japonés intentó continuar la guerra.

Se descubrió después de la guerra que el ejército japonés había tenido la intención de luchar en las playas y en sus hogares hasta el último hombre si fuera necesario, en lugar de rendirse. Afortunadamente, el emperador pensó que teníamos más bombas atómicas y estábamos dispuestos a usarlas para destruir ciudades japonesas. En realidad, habíamos agotado todo lo que teníamos y hubiera llevado varios meses construir más si Japón no se hubiera rendido.

Sin lugar a dudas, entre aquellos que reflexionan sobre la historia, prevalece la convicción de que las bombas atómicas marcaron el fin de la peor conflagración en la historia mundial y salvaron innumerables vidas. Cierto es que su uso cobró un alto costo en vidas humanas, pero no menos cierto es que el bombardeo incendiario de Tokio en la primavera de 1945 también dejó una estela de destrucción y muerte. De no haber sido por las bombas atómicas, el conflicto habría persistido durante uno o dos años más, con las fuerzas estadounidenses enfrentándose

cuerpo a cuerpo en Japón. Según la propia admisión de Japón, su rendición no habría sido una opción, y habrían continuado la lucha hasta el último aliento. La determinación del presidente Truman de emplear la bomba y su disposición a hacerlo jugaron un papel crucial. De no haber sido por esa decisión, el Japón que conocemos hoy sería radicalmente diferente.

Un último punto es la posibilidad de que parte de la razón de Truman para usar la bomba fuera mostrar al mundo, especialmente a los rusos, lo que una bomba atómica haría a una ciudad y a su gente. Nunca sabremos si esto es verdad, pero ningún país se ha atrevido a usar un arma atómica desde 1945. Ya sea que el presidente Truman lo haya pretendido o no, el mundo entero sabe qué destrucción puede causar una bomba atómica o de hidrógeno.

BOMBA ATÓMICA

CAPTULO QUINCE
SOLO BUENAS NOTICIAS PARA EL PÚBLICO

Sobrevivimos a la Segunda Guerra Mundial en su mayor parte sin que el público supiera cuán cerca estuvimos del desastre. En el Pacífico, el gabinete japonés y media docena de Almirantes japoneses marcaron la diferencia entre el éxito de Japón y su derrota final. Como se mencionó anteriormente, tenían un equipo y fuerzas superiores al principio de la guerra y si se hubieran usado adecuadamente, Japón probablemente habría prevalecido contra nosotros al menos a corto plazo. Algunos líderes militares aliados cometieron errores igualmente graves, pero el público estadounidense típicamente no sabía nada al respecto y pudimos recuperarnos.

Recuerdo vívidamente una conversación que tuvo lugar en 1943, cuando un amigo de mi padre, quien servía en la marina a bordo de un barreminas, nos relató los trágicos sucesos ocurridos el año anterior en la batalla de la Isla de Savo, donde perdimos los cuatro cruceros pesados. La sorpresa se dibujó en su rostro cuando mi padre comentó que dichos eventos no habían sido divulgados al público estadounidense. No tengo memoria de que se nos haya informado sobre el hundimiento del Quincy, Canberra, Astoria y Vincennes hasta después de finalizada la guerra. La tragedia del USS Juneau y la pérdida de los cinco hermanos Sullivan a bordo de él, así como el naufragio del USS Indianapolis en la última semana de la contienda, nunca llegaron a conocimiento del público. Únicamente se nos brindaban noticias alentadoras.

La historia de Colin Kelly se convirtió en un ejemplo perfecto de la propaganda que nos suministraron para mantener alto nuestro espíritu. Durante la batalla de Filipinas en 1941 y 1942, Kelly, piloto de un B-17, supuestamente lanzó su avión sobre el acorazado japonés Haruna, hundiéndolo instantáneamente. Sin embargo, la realidad fue que su avión lanzó bombas sobre un crucero pesado, causando daños leves, antes de ser derribado por aviones japoneses mientras regresaba a su base. No fue hasta julio de 1945 que el Haruna finalmente fue hundido en el puerto de Kure. A pesar de esto, Colin Kelly sigue siendo considerado un héroe estadounidense.

En resumen, en 1941, Estados Unidos se encontraba en desventaja frente al Eje en casi todos los aspectos militares.

- Torpedos (Japón)

- Aviones de combate (Alemania y Japón)

- Tanques y ametralladoras (Alemania)

- Número de portaaviones (Japón)

- Artillería de campo (Alemania)

- Tamaño y antigüedad de nuestra Flota del Pacífico (Japón)

- Entrenamiento y tácticas (Japón)

- Preparativos para la guerra (Japón)

Afortunadamente, el público estadounidense no estaba al tanto de la mayoría de estos y de inmediato nos pusimos a trabajar para construir la mejor fuerza de combate jamás vista. Llevó tiempo, pero fue un cambio asombroso cuyo éxito no siempre fue obvio para aquellos que conocían toda la historia.

CAPÍTULO DIECISÉIS
LOS ALIADOS HICIERON ALGUNAS COSAS BIEN

A pesar de los errores que cometimos y de las desgracias que nos ocurrieron, realizamos varios movimientos sabios, creamos grandes inventos y tuvimos algo de suerte en el camino. Comencemos con el ataque de Doolittle a Tokio en la primavera de 1942.

EL ATAQUE DE DOOLITTLE A TOKIO

Cuando la flota con los aviones de Doolittle a bordo se dirigía al oeste con destino a Japón para llevar a cabo su histórico bombardeo, se encontraban a tan solo un día de distancia de lanzar sus aviones frente a la costa japonesa. Sin embargo, en ese momento crucial, la flota se topó con varios barcos pesqueros japoneses. Estos barcos, antes de ser aniquilados por el fuego naval, transmitieron un mensaje a Tokio informando sobre la aproximación de una flota estadounidense con portaaviones, revelando su ubicación exacta.

Ahora, la fuerza aérea japonesa estaba al tanto de la presencia de nuestros portaaviones y supuso correctamente nuestras intenciones. Sin embargo, cometieron un error de cálculo significativo, uno que podría haber sido fácilmente cometido por cualquier país.

Los dos portaaviones, el Hornet y el Enterprise, solían transportar bombarderos de picado y bombarderos torpederos de un solo motor de la Armada, un hecho bien conocido por los japoneses. Basándose en este conocimiento, calcularon que nuestros aviones de la Armada necesitarían estar más cerca de Japón antes de ser lanzados para realizar un viaje de ida y vuelta para bombardear y regresar a los portaaviones.

Por lo tanto, los japoneses optaron por esperar un día antes de desplegar una masa de aviones de combate con el objetivo de derribar todos los bombarderos de picado estadounidenses antes de que alcanzaran su objetivo. Esta estrategia parecía lógica, pero había un detalle crucial que los japoneses pasaron por alto: el Coronel Doolittle y sus hombres no estaban volando bombarderos de picado de la Armada, sino bombarderos medianos B-25 de dos motores del Cuerpo Aéreo.

El lector debe comprender la trascendencia de esta situación. Jamás en la historia de la aviación se había visto despegar un bombardero de dos motores desde un portaaviones; ni siquiera se consideraba posible. Aterrizar una aeronave tan voluminosa en una plataforma naval era impensable, pero el Coronel Doolittle vislumbraba la posibilidad de lograrlo con práctica y destreza. Su convicción residía en la idea de que algunos bombarderos podrían despegar desde la cubierta del Hornet, incluso cuando este estuviera navegando a máxima velocidad contra el viento.

En aquella región del mundo, los vientos solían soplar con fuerza, alcanzando al menos quince nudos. Así, el Hornet viraría hacia el viento, aumentando su velocidad de flanco de treinta a treinta y cinco nudos. Cuando los aviones comenzaran su maniobra, alcanzarían los cincuenta nudos, velocidad adecuada para el despegue.

El Coronel y sus hombres deliberaron sobre la estrategia y decidieron adelantar la operación un día, tomando por sorpresa a los japoneses antes de que pudieran reaccionar. ¡Sorprendentemente, funcionó! Los pilotos interceptores japoneses estaban disfrutando de un merecido descanso aquel día, y ninguno podía creer que las detonaciones que escuchaban procedieran de bombarderos estadounidenses. Los aviadores norteamericanos entraron y salieron de Japón antes de que los japoneses pudieran entender lo que estaba ocurriendo.

Dado que no tenían cómo aterrizar en los portaaviones, los aviones continuaron su ruta hacia el oeste hasta llegar a China. La mayoría de las tripulaciones fueron rescatadas, lo que les permitió regresar a Estados Unidos y reincorporarse a la lucha. El pueblo chino pagó un alto precio por ayudar a los aviadores estadounidenses; miles de ellos fueron torturados y asesinados por las fuerzas japonesas en represalia por brindar apoyo a los estadounidenses.

En su país, las tripulaciones aéreas fueron aclamadas como héroes, y el Teniente Coronel Doolittle fue ascendido por el presidente Roosevelt de Coronel a General de brigada. El éxito de esta misión fue el resultado de una meticulosa planificación, decisiones acertadas, una ejecución impecable, errores estratégicos del enemigo y, en definitiva, un golpe de fortuna.

LA BATALLA DE LA ISLA MIDWAY

Se han escrito muchos buenos libros y se han hecho películas sobre la batalla naval que ocurrió en Midway durante la primera semana de junio de 1942, así que no cubriremos todos los detalles de la batalla y su preparación aquí. La Marina de los Estados Unidos realizó varios movimientos excelentes y algunos afortunados para ganar la batalla. Además, cometimos un grave error, en mi opinión, que nos costó caro durante el resto de la guerra. El error se discute en el Capítulo 13.

El Almirante Yamamoto sintió que era necesario ocupar Midway y usarlo como una base desde la cual la Armada Imperial Japonesa advertiría a Japón de cualquier movimiento estadounidense al oeste a través del Pacífico. En consecuencia, arrojaron todo lo que tenían en la batalla, incluidos sus cuatro portaaviones operativos. El Almirante habría puesto seis en la batalla, pero uno había sido hundido y otro dañado, ambos en la batalla del Mar del Coral un mes antes.

Aquí es donde el Comandante Rochefort y su equipo de descifradores de códigos emergieron como héroes, salvando el día. Con precisión, predijeron la fecha y la ubicación del ataque basándose en sus habilidades para descifrar códigos. El Almirante Nimitz respondió desplegando nuestros tres portaaviones restantes: el Hornet, Enterprise y el dañado Yorktown, junto con sus escoltas. Los ordenó dirigirse desde Pearl Harbor hacia una posición al noreste de Midway, lo que les permitiría interceptar la flota japonesa en su ataque a Midway.

El 4 de junio, los aviones japoneses comenzaron su asalto a Midway, mientras buscaban la flota estadounidense, que creían que los aguardaba en algún lugar. Los aviones de los portaaviones estadounidenses fueron enviados en busca de la flota enemiga, y aquí es donde la suerte intervino en el conflicto.

Un grupo de bombarderos en picado del Yorktown se dirigió al oeste, pero regresaron con las manos vacías al no encontrar nada. Este movimiento fue ordenado por el Almirante Fletcher, aunque nunca explicó por qué los envió en esa dirección cuando la inteligencia indicaba que la flota japonesa estaba al suroeste de la flota estadounidense. Afortunadamente, los aviones del Hornet y del Enterprise tuvieron mejor suerte.

Mientras volaban hacia el suroeste, con el combustible agotándose, aún no habían localizado a la flota japonesa. De repente, avistaron un crucero japonés que se dirigía al noroeste desde Midway, lo que los pilotos estadounidenses asumieron como indicio de la presencia de la flota enemiga. Viraron al noroeste y vieron cómo su suministro de combustible bajaba peligrosamente, hasta que finalmente avistaron la flota japonesa justo frente a ellos.

El Escuadrón #8 de bombarderos torpederos lideró el ataque a nivel del mar, lanzando todos sus torpedos, pero lamentablemente todos fallaron y el escuadrón fue derribado por los cazas japoneses, con excepción del alférez Gay, quien logró sobrevivir y ser rescatado por un hidroavión estadounidense al terminar la batalla.

Aunque el ataque de los bombarderos torpederos parecía un fracaso, logró atraer a los cazas japoneses a nivel del mar, dejando vulnerable la altura, desde donde se lanzaría el ataque final.

Los bombarderos en picado estadounidenses descendieron sobre los portaaviones enemigos, lanzando bombas de 500 libras y hundiendo tres de ellos de inmediato, mientras que el cuarto fue hundido al día siguiente. Fue una victoria monumental para los estadounidenses, salvo por un detalle.

Al final de la batalla, la Armada Imperial Japonesa tenía varios buques de guerra grandes en Midway, pero ninguno de ellos era un portaaviones. Esto significaba que carecían de cobertura aérea, dejando sus buques vulnerables a los ataques aéreos. Sin embargo, el Almirante Spruance ordenó a su flota que se retirara y regresara a Pearl Harbor. Esta retirada permitió que muchos de los buques de guerra japoneses sobrevivientes escaparan de regreso a Japón para luchar otro día. Este tema se aborda más detalladamente en el Capítulo 13.

EL EJÉRCITO ALIADO FICTICIO

Mientras los Aliados se preparaban para cruzar el Canal de la Mancha e invadir Francia en 1944, quedó claro que podríamos obtener una considerable ventaja sobre Hitler y sus tropas si pudiéramos convencerlo de que nuestros desembarcos tendrían lugar lejos de las playas de desembarco reales. Entonces, comenzó el trabajo en una de las artimañas más engañosas jamás ejecutadas en tiempos de guerra.

Todo comenzó con el nombramiento proclamado a voz en cuello del General estadounidense George Patton para liderar el ficticio Tercer Ejército. Hitler estaba plenamente consciente de que el General Patton era el más destacado estratega de campo de nuestro ejército, y sabía que cualquier lugar donde estuviera estacionado en Inglaterra probablemente estaría cerca de la playa de desembarco francesa. Por lo tanto, con gran fanfarria, el General Patton y su equipo establecieron operaciones de entrenamiento en Inglaterra, directamente al otro lado del canal desde la ciudad francesa de Calais.

Aunque el Tercer Ejército consistía solo en el General Patton y su equipo, los británicos elaboraron tanques falsos de goma que parecían auténticos y los distribuyeron alrededor de los "cuarteles" de Patton. Además, los británicos capturaron varios espías alemanes y los "convencieron" para que informaran a Hitler de que los Aliados tenían la intención de desembarcar en la playa francesa cerca de Calais, a varias cientos de millas del verdadero punto de desembarco en Normandía.

Esta estratagema se mantuvo incluso durante la invasión en sí, ya que Hitler creía firmemente que el desembarco en Normandía era simplemente una distracción, y que el verdadero desembarco ocurriría en la playa cercana a Calais. Como resultado de esta creencia errónea, se negó a comprometer su división de tanques Panzer contra las tropas aliadas en las playas de Normandía hasta que estas hubieran avanzado considerablemente tierra adentro más allá de la cabeza de playa.

Esta brillante artimaña de los Aliados y la errónea creencia de Hitler probablemente salvaron cientos, si no miles, de vidas aliadas, y nos permitieron recuperar París ese verano de 1944. El verdadero Tercer Ejército fue creado en Francia varias semanas después de la invasión, con el General Patton al mando.

DISEÑO DEL SPITFIRE

Cuando Inglaterra y Alemania entraron en guerra en 1939, el avión de combate británico Spitfire y su némesis alemán, el ME-109, estaban bastante cerca uno del otro en velocidad, maniobrabilidad y velocidad de ascenso. Quizás el Spitfire estaba ligeramente adelante, pero no por mucho. Ambos bandos trabajaron para mejorar sus diseños, pero ninguno logró una mejora significativa hasta que los diseñadores de motores británicos tuvieron una idea brillante. ¿Por qué no obtener más potencia de su motor Merlin aumentando su relación de compresión?

Era una idea excelente, pero aumentar la relación de compresión del motor requeriría gasolina de 100 octanos, y ninguna refinería del mundo podía fabricar gasolina de 100 octanos en aquella época. El motor Rolls Royce Merlin era, y es, el mejor motor de combustión interna del mundo, así que sus ingenieros dejaron las reglas de cálculo, se pusieron el traje y fueron a visitar la refinería de petróleo Royal Dutch. Afortunadamente, el Director de la División de Aviación de la refinería era el único hombre en el mundo que entendería su dilema. Era James Doolittle, el mismo hombre que dirigiría el exitoso ataque aéreo sobre Tokio en 1942.

En los albores de la década de 1920, se erigió como pionero al obtener el primer doctorado en ingeniería aeronáutica a nivel mundial. Al comprender de inmediato los objetivos de los ingenieros de Rolls Royce, se comprometió sin reservas a colaborar en cualquier medida posible. Convocó una reunión del consejo de administración de la empresa, exponiendo el desafío ante ellos y solicitando la expansión de la capacidad de refinación para la producción de combustible de aviación de 100 octanos. A pesar de la considerable inversión requerida, la urgencia del asunto impulsó al consejo a aprobar el gasto de varios millones de dólares para la ampliación de la refinería.

Pronto, los pilotos de la Luftwaffe comenzaron a notar que estaban siendo superados en maniobrabilidad y eran derribados con mayor facilidad. Finalmente, al derribar un Spitfire sobre Francia, extrajeron el motor y lo desmontaron. Pronto descubrieron la causa del cambio. El Spitfire contaba con una relación de compresión de más de nueve a uno, que solo era posible con combustible de aviación de 100 octanos. Los alemanes no tenían acceso a la refinación moderna, por lo que no podían igualar el ritmo. Los británicos se llevaron la victoria en esa batalla.

EL P-51 MUSTANG

El avión de combate estadounidense P-51 fue sin lugar a dudas el mejor avión de combate de la Segunda Guerra Mundial y se le atribuye haber ganado la guerra en Europa casi por sí solo. La historia de su diseño es algo controvertida, pero se presentará aquí según lo entiende el autor.

La historia comienza con los bombarderos de largo alcance estadounidenses, el B-17 y el B-24, desarrollados a fines de la década de 1930. Antes de que entráramos en la guerra, el Cuerpo Aéreo presumía de que sus nuevos bombarderos no necesitaban escolta de combate, porque podían llegar al objetivo y regresar a la base sin dificultad. Esto se debía al gran número de ametralladoras en los bombarderos que podían derribar fácilmente aviones de combate enemigos sin ser derribados ellos mismos. El B-17, por ejemplo, tenía diez ametralladoras calibre .50 para su defensa. ¡Seguramente ningún avión de combate podría penetrar ese poder de fuego!

Como resultado, los aviones de combate producidos durante ese período, como el P-38, P-40 y P-47, carecían del alcance necesario para escoltar a los bombarderos durante todo el trayecto desde Inglaterra hasta Berlín y volver. En lugar de eso, se limitaban a escoltarlos hasta la costa holandesa antes de regresar, dejando a los B-17 seguir su ruta hacia Berlín sin protección. Esta situación lamentable cobró la vida de miles de aviadores estadounidenses y convirtió el bombardeo de Alemania en una empresa extremadamente costosa en términos de bajas y aeronaves perdidas.

El problema radicaba en el diseño de las alas de estos aviones de combate, conocido por los ingenieros como "ala turbulenta". Este diseño generaba turbulencia sobre la parte superior del ala, lo que resultaba en una alta resistencia al avance. Esta resistencia se traducía en un consumo elevado de combustible y un alcance más limitado, aunque era el estándar en el diseño de aviones de combate aliados al comienzo de la guerra.

Al inicio del conflicto, los diseñadores de aeronaves británicos se propusieron crear el mejor avión de combate del mundo combinando los elementos más destacados de todas las aeronaves, tanto enemigas como aliadas. Sin embargo, al completar su diseño, se encontraron con que todas las plantas de fabricación de aeronaves británicas estaban operando al máximo para producir los modelos existentes. Ante la imposibilidad de construir más aeronaves en Gran Bretaña, los diseñadores británicos llevaron sus planos a los Estados Unidos, buscando alguna planta de fabricación que pudiera tener capacidad para producir otro avión. A pesar de enfrentar rechazo en Lockheed, Grumman, Douglas, Republic, Curtiss, Boeing y Consolidated, finalmente encontraron a North American en Los Ángeles, que accedió alegremente a construir el nuevo avión para Gran Bretaña. Estos comenzaron a introducir suficientes modificaciones en el diseño para hacerlo suyo.

En cuestión de meses, surgía de la línea de ensamblaje el primer avión de combate completamente nuevo, y se convocó a un piloto de pruebas del Cuerpo Aéreo para evaluar su desempeño en el aire. Tras un par de horas de vuelo, aterrizó con entusiasmo, proclamando que aquel era el mejor avión de combate que había tenido el placer de pilotar, con la capacidad de dominar los cielos, con una excepción crucial: su motor resultaba insuficiente. El motor V-12 Allison, manufacturado por General Motors, carecía de la potencia necesaria y carecía de un turbo compresor que le permitiera competir en altitudes elevadas contra el ME-109.

Afortunadamente, el motor Rolls Royce Merlin, producido en Estados Unidos por la Packard Motor Company, estaba disponible, y se sustituyó rápidamente al Allison, para consternación de GM. Así, el nuevo avión no fue entregado a Inglaterra, sino que se convirtió en el P-51, el caballo de batalla del Cuerpo Aéreo del Ejército de los Estados Unidos.

Sus alas, diseñadas con flujo laminar, reducían notablemente la resistencia aerodinámica, y gracias a los tanques de combustible desechables, el P-51 podía escoltar a los bombarderos hasta Berlín y regresar. Se dice que cuando Hermann Goering, líder de la Luftwaffe alemana, avistó por primera vez el P-51 volando sobre Berlín, comentó que la guerra estaba perdida. Su profecía se cumpliría a principios del verano de 1945.

La elegancia del P-51 no se limitaba únicamente a su diseño alar; todo su fuselaje estaba concebido con el mínimo arrastre en comparación con otros aviones de combate. Los diseñadores británicos eran los más destacados del mundo y lamentaban que su creación hubiera sido adoptada por Estados Unidos. Sin embargo, aceptaron que solo en Estados Unidos se contaba con la capacidad de fabricación necesaria para construir el avión de combate que se convertiría en el pilar de la lucha aérea sobre Europa.

North American Aviation reconoció a un joven ingeniero aeronáutico llamado Edgar Schmued como el principal responsable del diseño del P-51 Mustang, un avión cuyo nombre perdurará en la historia de la aviación. Tanto los aviadores estadounidenses como los británicos siempre honrarán la contribución de Schmued y su superior en ingeniería, Lee Atwood, por haber creado esta formidable máquina de combate.

ESPIONAJE CRUCIAL

Durante la guerra, hubo numerosas historias de espionaje por parte de los Aliados que marcaron una diferencia crítica en momentos importantes de la lucha. Una historia verídica de un espía soviético encabeza la lista de eventos de espionaje importantes que moldearon el resultado de la guerra.

Un industrial alemán, que en realidad era un espía soviético, residía en Tokio. Con raíces familiares tanto en Alemania como en Rusia, sus lealtades se inclinaban hacia la Unión Soviética. A lo largo de la década de 1930, proporcionó a Stalin información sobre los movimientos de tropas japonesas y alemanas. Sin embargo, la mayoría de sus reportes fueron ignorados.

A medida que 1941 llegaba a su fin, el ejército alemán estaba cercando a Moscú, a solo unos pocos kilómetros de ocupar la capital rusa. De hecho, se informó que los soldados alemanes podían ver las torres del Kremlin y estaban al borde de sacar a la Unión Soviética de la guerra con un último empuje.

Antes de que comenzara la guerra entre Alemania y la Unión Soviética, Japón había invadido Siberia con un gran ejército y solo fue repelido por un millón de soldados soviéticos enviados a Siberia por Stalin. Para cuando comenzó la guerra con Alemania, los ejércitos japonés y soviético estaban frente a frente en Siberia, sin moverse, pero ambos desconfiaban el uno del otro. Stalin necesitaba a estos hombres en Moscú para luchar contra los alemanes, pero también sentía que necesitaban permanecer en Siberia para protegerla de Japón, con el que aún no estaban en guerra.

De regreso en Tokio, el espía soviético se encontraba cenando una noche en un restaurante frecuentado por Generales japoneses de alto rango. Mientras disfrutaba de su comida, varios de estos

Generales ingresaron al establecimiento y tomaron asiento en una mesa cercana a la suya. Sin sospechar que el hombre "caucásico" a su lado comprendía perfectamente el idioma japonés, los Generales conversaban descuidadamente sobre sus planes recientes. Discutían, en particular, la reubicación de todas sus tropas destacadas en Mongolia, actualmente enfrentadas al ejército soviético en Siberia, hacia el sur, específicamente hacia la Indochina Francesa, en preparación para una posible confrontación bélica con Estados Unidos.

Concluida su cena, el espía se apresuró a dirigirse a la oficina japonesa equivalente a una sucursal de Western Union y envió de inmediato un mensaje cifrado a Stalin, informándole sobre los planes japoneses. El líder soviético, al recibir la información, ordenó con celeridad el regreso de todas sus tropas siberianas hacia Moscú a través del Ferrocarril Transiberiano. Dichas tropas alcanzaron la capital justo a tiempo para lanzar un contraataque contundente contra las fatigadas, heladas y hambrientas fuerzas alemanas, quienes se vieron obligadas a iniciar una retirada masiva, alejándose de Moscú y sin volver a representar una amenaza significativa.

El impacto del rescate de Moscú en el resultado global de la guerra resulta difícil de determinar. Algunos historiadores comparan este episodio con la derrota de Rusia en la Primera Guerra Mundial, cuando el país se rindió y se retiró del conflicto. Surge la incógnita: ¿habría capitulado la Unión Soviética ante Alemania en 1941 si Moscú hubiera caído en manos alemanas? Es una pregunta que queda abierta a la especulación histórica.

Los historiadores sostienen firmemente que la retirada alemana de Moscú representó un punto crucial en la Segunda Guerra Mundial, y se atribuye en gran medida a un espía ruso en Tokio llamado Richard Sorge. Su vida, según se informa, sirvió de inspiración para las narrativas de James Bond. Sorge, apuesto, alcohólico y notorio mujeriego, residió en Japón durante muchos años, ejerciendo un impacto significativo en el curso de la guerra. Su fascinante vida merece un estudio más profundo. Sin embargo, trágicamente, fue ejecutado por los japoneses por cargos de espionaje.

EL TANQUE SOVIÉTICO T-34 – BATALLA DE KURSK, BIELORRUSIA

Los alemanes ostentaban la supremacía en materia de tanques durante gran parte de la guerra, hasta que los soviéticos introdujeron su revolucionario tanque medio T-34. Este hito bélico se reveló al mundo durante la épica Batalla de Kursk, en las vastas llanuras de Bielorrusia, marcando un punto de inflexión crucial en la Segunda Guerra Mundial.

Si bien los alemanes tenían conocimiento de los avances en el diseño y producción del nuevo tanque medio por parte de sus adversarios, subestimaron su capacidad para rivalizar con sus temibles Panzer Tiger y Panther. En 1941, la Wehrmacht planeó un asalto masivo de tanques hacia Kursk como parte de su estrategia para retomar Moscú. Ningún otro tanque aliado parecía equipararse al poderío de los alemanes, ya que el T-34 aún no había sido probado en combate.

Mientras tanto, en los bosques cercanos a Kursk, el Ejército Rojo había desplegado más de un centenar de los revolucionarios tanques T-34, anticipando el avance de los poderosos Panzer alemanes a través de las llanuras. Con confianza, las tropas alemanas avanzaban hacia la ciudad.

No obstante, al adentrarse en el bosque, las tropas alemanas se vieron sorprendidas por el estruendo repentino de los motores de los tanques en marcha. En un abrir y cerrar de ojos, docenas de los avanzados T-34 soviéticos, con sus cañones rugiendo, surgieron del follaje a toda velocidad hacia los Panzer alemanes. Así comenzó la mayor batalla de tanques jamás vista, con los T-34 obligando a los Panzer a retroceder y abandonar sus planes en Kursk. Esta derrota marcó la segunda ocasión en que la Wehrmacht fue detenida en su avance hacia Moscú, señalando el inicio de un cambio de rumbo irreversible. La marcha hacia Berlín ahora estaba liderada por el tanque medio T-34.

El T-34, veloz y pesadamente blindado con un cañón de 76 mm de largo y una armadura gruesa en su torreta y frontal, demostró ser un adversario formidable para los tanques alemanes más grandes y pesados. Aunque el ejército soviético perdió cientos de tanques antes del fin de la guerra, el T-34 resultó ser altamente efectivo en combate. En contraste, los tanques alemanes eran difíciles de reparar y pasaban largos períodos fuera de acción cuando sufrían daños. El T-34 cambió el curso del avance alemán hacia la Unión Soviética y tuvo un impacto decisivo en el resultado de la guerra en el este.

MISCELÁNEAS

Durante la guerra, los Aliados realizaron una serie de invenciones y desarrollos que jugaron un papel crucial en nuestra victoria. El radar, inventado por Inglaterra y refinado por Estados Unidos, fue uno de ellos. Su perfeccionamiento llegó al punto en que resultó fundamental para el control de fuego de nuestra armada, permitiéndonos hundir numerosos barcos japoneses durante la noche, cuando eran invisibles a simple vista pero detectables gracias al radar. Aunque tanto Alemania como Japón eventualmente desarrollaron sus propios sistemas de radar más adelante en la guerra, la ventaja inicial de los Aliados fue fundamental.

Otro hito significativo fue el desciframiento del código secreto alemán, conocido como Enigma, llevado a cabo por Gran Bretaña. Además, los Estados Unidos lograron descifrar el código diplomático japonés en 1941 y su código naval (JN-25) en 1942, tal como se menciona en capítulos anteriores. Estos tres logros fueron de una importancia excepcional, aunque cada uno de ellos requeriría un volumen completo para ser tratado adecuadamente.

Además, la Armada de los Estados Unidos desarrolló finalmente el sonar y las técnicas asociadas, lo que les permitió neutralizar la amenaza de los submarinos alemanes en el Atlántico. Para fines de 1944, la fuerza submarina alemana había sufrido las mayores pérdidas de cualquier unidad de ambos bandos durante la guerra. Es importante destacar que hubo numerosas invenciones menos conocidas pero igualmente vitales que contribuyeron a nuestra victoria final, las cuales no serán detalladas en este momento.

CAPÍTULO DIECISIETE
LA GUERRA ES UN INFIERNO, ASÍ QUE NO LA HAGAS A LA LIGERA

Como afirmó el General Sherman en 1864, "La guerra es un infierno". Sin embargo, hasta ahora, no hemos sido testigos de una Tercera Guerra Mundial y es probable que no la presenciemos, al menos no entre las potencias como Alemania o Japón. Se puede sostener que la introducción de las bombas atómicas ha instaurado una condición conocida como MAD, siglas en inglés para "Mutually Assured Destruction" (Destrucción Mutua Asegurada), la cual ha mantenido a las principales potencias en un estado de paz, superando las ventajas de mantener grandes ejércitos.

Se estima que Rusia posee actualmente más de quince mil cabezas nucleares. La buena noticia es que, gracias a la doctrina de la MAD, estas armas no se han utilizado ni por ellos ni por nosotros. A pesar de momentos críticos, como la Crisis de los Misiles en Cuba, las espadas se han mantenido en sus vainas y la humanidad ha seguido avanzando de una crisis a otra. Solo podemos esperar que nunca nos encuentren desprevenidos ante un posible ataque, ni que utilicemos nuestra fuerza de manera imprudente.

A pesar de las numerosas lecciones que la Segunda Guerra Mundial nos ofrece, ¿realmente las hemos aprendido? Veamos algunas de ellas:

La Segunda Guerra Mundial ofrece numerosas lecciones, pero ¿realmente las hemos aprendido? Examinemos algunas de ellas:

- Nunca subestimes a tu enemigo.

- Nunca sobreestimes a tu enemigo.

- Identifica las intenciones de tu enemigo.

- Identifica las fortalezas y debilidades de tu enemigo.

- Mantén una red de inteligencia moderna que incluya espías en el terreno y satélites de vigilancia en el cielo.

- A veces tu red de inteligencia te dice cosas que no quieres escuchar. Qué lástima.

- Moderniza tus fuerzas de combate.

- Identifica tus objetivos específicos temprano y prepárate para alterarlos si la situación cambia.

- Prepárate para la guerra que vas a librar, no la que quieres librar.

- Mantén la capacidad de desarrollar y construir tus propias armas.

- No es necesario mantener un gran ejército permanente en tiempos de paz.

- Solo porque un enemigo potencial tenga armas de destrucción masiva no significa que las vaya a usar. Pero podría hacerlo.

- Prepárate para movilizarte en un momento dado.

- Construye solo las suficientes armas para asustar a tus enemigos potenciales durante tiempos de paz.

- No te apoyes en las armas o tácticas de la última guerra.

- Presupone que las bases en el extranjero y los barcos serán atacados.

- Las negociaciones son mejores que la guerra.

- Nunca comiences ni continúes una guerra sin el apoyo de tu público.

- Prepárate para comprometerte pero no abandones tus principios básicos.

- No presiones a países más pequeños solo porque puedes.

- Reparte el esfuerzo de guerra de manera equitativa entre tu pueblo.

- No dejes que los prejuicios cieguen tu juicio sobre otras naciones o culturas.

- La mayoría de las guerras se libran por razones económicas, no políticas.

- No hagas promesas a tu público que no puedas cumplir.

- No tienes que ganar todas las batallas para ganar una guerra.

- Es poco probable que un enemigo potencial anuncie sus intenciones por adelantado.

- No mientas a tu público. Eventualmente se darán cuenta y entonces no confiarán en ti nuevamente.

- Ayuda a tus enemigos a recuperarse una vez que los hayas vencido.

- No dejes que los prejuicios religiosos o raciales nublen tu visión sobre las habilidades o capacidades de tu enemigo.

Ahí radican las lecciones de la Segunda Guerra Mundial, aprendidas tanto de nuestros propios errores como de los errores de nuestros adversarios. ¿Hemos interiorizado alguna de estas lecciones? Con frecuencia, parece que no, y la fortuna podría no favorecernos en el próximo conflicto. Ni las lecciones extraídas del conflicto en Vietnam ni las experiencias de las invasiones en Iraq, Siria o Afganistán sugieren que hayamos asimilado algo de manera significativa.

Hemos identificado tanto aspectos positivos como negativos surgidos de la Segunda Guerra Mundial. Si alguno de estos elementos hubiera variado, la guerra podría haberse perdido o al menos prolongado durante varios años más. En su mayoría, los civiles no éramos conscientes de estas complejidades, lo cual, seguramente, fue una bendición. Ya teníamos suficientes preocupaciones en aquel entonces.

REFLEXIONES

¿Habríamos podido perder la guerra si se hubieran tomado decisiones de manera distinta? Esa pregunta se ve condicionada por las diversas alternativas que podrían haberse presentado. Ahora bien, exploremos cada una de esas posibilidades:

SI EL EJE NO HUBIERA COMETIDO TANTOS ERRORES:

La guerra definitivamente habría durado varios años más de lo que duró y muchos más estadounidenses habrían sido asesinados. Tal vez nos hubiéramos cansado de la matanza y habríamos buscado una paz negociada. Aún así, habríamos tenido la bomba atómica, lo que podría haber asegurado la victoria eventualmente.

JAPÓN BOMBARDEÓ LA COSTA OESTE Y LOS TANQUES DE ALMACENAMIENTO DE COMBUSTIBLE EN PEARL HARBOR, IGNORANDO NUESTRA FLOTA DEL PACÍFICO.

Sin capacidad de guerra en la Costa Oeste, habría sido imposible contrarrestar la agresión de Japón en el Pacífico. Para cuando pudiéramos haber reconstruido nuestras industrias bélicas, Japón habría conquistado todo el sudeste asiático. Habríamos buscado la paz sin ganar la guerra.

SI LA ARMADA DE JAPÓN HUBIERA NAVEGADO DIRECTAMENTE HACIA EL SUDESTE ASIÁTICO Y HUBIERA EVITADO PEARL HARBOR.

¿Qué tiene que ver esto con nosotros? Esta sería la consigna aislacionista y nunca nos habríamos involucrado. Japón gobernaría el mundo y seríamos una nación de segunda clase.

Afortunadamente, Japón llevó a cabo la acción que "despertó al gigante dormido", al atacar Pearl Harbor, lo que resultó en su derrota y aseguró la dominancia de Estados Unidos en el mundo durante muchos años.